ZEN
INSPIRATIONEN

ZEN

INSPIRATIONEN

MIRIAM LEVERING

MEDITATIONEN

UND TEXTE

PATMOS

Originaltitel
ZEN INSPIRATIONS
Textauswahl und Bearbeitung vom Miriam Levering
Conceived, created and designed by Duncan Baird Publishers Ltd.

Übersetzung aus dem Englischen: Norbert Pautner

Die Deutsche Bibliothek verzeichnet diese Publikation in der
Deutschen Nationalbibliografie; detaillierte bibliografische Daten
sind im Internet über http://dnb.ddb.de abrufbar.

Printed in China

ISBN 3-491-45059-4
www.patmos.de

INHALT

ZU DIESEM BUCH

Schlichtheit, Direktheit, Weisheit und Humor des Zen waren für tausende von Menschen ein Quell geistiger Orientierung. Zen bezauberte und bereicherte einen Kulturkreis, der komplexer religiöser Lehren zunehmend überdrüssig wurde. Dieses Buch ist eine illustrierte Auswahl bedeutender Zen-Schriften – ein Zusammenspiel von fotografischer und sprachlicher Ausdrucksstärke, das etwas vom Geist des Zen einfangen und eine einzigartige Anregung zu Meditation und Kontemplation anbieten möchte.

Dr. Miriam Levering hat zwei Meilensteine der Zen-Literatur ausgewählt – die Koan-Sammlung *Torlose Schranke* und die Verse zu den *Bildern des Ochsen* (mit den in Farbe reproduzierten Originalbildern). Darüber hinaus hat sie einige der schönsten Zen-Gedichte ausgesucht, darunter Übersetzungen klassischer Zen-Texte durch Lucien Stryk, der selbst ein geschätzter Dichter und praktizierender Zen-Buddhist ist.

Die Fotos sind weniger genaue Illustrationen der Texte, sondern eher deren Widerhall – das Zusammenspiel aus Text und Bild lädt den Leser ein, seiner Fantasie freien Lauf zu lassen, während seine Gedanken allmählich von der Weisheit der Verse durchdrungen werden. Viele der Texte, vor allem die Koan, sind rätselhaft und paradox. Der erfolgreichste Ansatz besteht nicht in dem Versuch, sie wie ein Kreuzworträtsel nur mit dem Verstand zu lösen, sondern darin, Einsichten ins Bewusstsein sickern zu lassen, in dem Glauben, dass sich zu gegebener Zeit eine Lösung einstellen wird. Deshalb, und weil niemand behaupten darf, er könne saubere Zen-Interpretationen anbieten, werden die Texte ohne jeden neuzeitlichen Kommentar wiedergegeben. Auf den Seiten 18–19 finden sich jedoch hilfreiche Literaturhinweise und auf den Seiten 156–157 ein Glossar.

VORWORT

Den größten Teil unserer Zeit verbringen wir im Universum, ohne richtig zu wissen, wer wir sind. Momente, Stunden, Jahre, Jahrhunderte wandern wir unsicheren Weges zwischen Grausamkeit und Liebe, Aufruhr und Ruhe, Gleichgültigkeit und Mitleid. Erfüllt von Angst, Frustration, unzufrieden mit dem, was wir sehen, suchen wir Zufriedenheit und Frieden in einer komplexen Welt. Einige widmen, durch die Zeitalter hindurch, ihr ganzes Leben der Suche nach Antworten, der Befreiung vom Ballast ewiger Wiederholung. Davon handelt dieses Buch – eine von Bildern und Äußerungen begleitete, eindrucksvolle Reise in das Bewusstsein.

Mein verstorbener Freund, der Zen-Poet Shinkichi Takahashi (dessen Gedicht »Muschel« auf Seite *66* zu finden ist), wäre erfreut gewesen zu wissen, dass er ein Teil dieses Buches ist – eine mit Überlegung ausgewählte Sammlung, die Seite für Seite wahre Einsichten in Geist und Philosophie bietet, nach denen er lebte.

Von Zeit zu Zeit, Tee trinkend unter seiner Inka (die Bestätigung der Erleuchtung eines Schülers durch den Meister), konnte ich Takahashi die Koans entlocken, die sein Zen-Meister in altehrwürdiger Tradition des Zen-Trainings (Seite 17) für ihn bestimmt hat und die seine Poesie inspiriert haben. Einer dieser Koans war:
»Beschreibe dein Gesicht, bevor du von deinen Eltern in die Welt gesetzt wurdest.« Takahashis Antwort darauf war dieses Agyo (Gedicht über gegenseitiges Verständnis):

> Zeit sickerte aus meinen Poren,
> Tee trinkend
> schmeckte ich die sieben Meere.

Ich sah im Nebel,
der sich um mich gebildet hatte,
die tödliche Chrysantheme, mich.

Ihr Duft verblasste,
und als ich mich erhob, meine Schultern drehend,
stürzte die Welt ein.

Nach einer Periode der intensiven Meditation und nach vielen Misserfolgen kamen plötzlich diese Worte. Er sah dieses Gesicht, als wäre es das erste Mal, war überwältigt, als ihm bewusst wurde, dass er es gesehen hatte, ohne zu verstehen, und er fühlte sich frei.

Zen-Gedichte, verfasst in der Gegenwart oder Vergangenheit, sind bekannt für die Einsichten, die sie bieten. Der im 8. Jahrhundert lebende, chinesische Meister Beirei behauptete zum Beispiel bereits damals, dass die einzig wahre Sache, die es wert sei näher betrachtet zu werden, wir selbst – im Hier und Jetzt – seien. Eine in einem System gefangene Seele müsse unvermeidlich mit unflexiblen Voraussetzungen umgehen, wohingegen Meditation und reine Wahrnehmung ins wahre Wesen der Dinge führe. Er hätte die Wahrheit in den Sprüchen des chinesischen Meisters Ching-yuan (660–740) gefunden:

Bevor ich Zen studierte, sah ich Berge als Berge,
Gewässer als Gewässer. Als ich einiges über Zen gelernt hatte,
waren Berge nicht mehr Berge und Gewässer nicht mehr Gewässer.
Aber jetzt verstehe ich Zen, ich bin in Einklang mit mir selbst,
nun sind Berge wieder Berge, Gewässer wieder Gewässer.

Die Texte und Fotos in diesem Buch entsprechen dem Aufbau eines *shigajku* (einer Verbindung aus Gedicht und Bild). Ein gutes Beispiel findet man auf den Seiten 48–49, die Gedichte der Dame Chiyo-Jo und von Kikaku:

Im Brunneneimer
Ein Morgenschein –
Ich borge Wasser.

Blatt eines Yamsbaums –
Regentropfenwelt.

Ein anderes schönes Beispiel befindet sich auf Seite 51. Dort unterstreicht das Foto den atemberaubenden Effekt, den der Text von Buson auslöst:

Ein plötzliches Schaudern –
Im Zimmer der Kamm
  meiner toten Frau
Unter meinem Fuß.

Hier wird das Weniger-ist-mehr-Prinzip einleuchtend dargestellt. Das Gedicht ist schmucklos. Um es zu erfassen, müssen wir die Empfindung des Dichters nachfühlen. Wir sind betroffen durch die fehlenden Details; eine sehr persönliche, spontane Erfahrung, aber paradoxer, weiser und reichhaltig. Für uns muss dieser Raum entstehen, dieser Kamm, wir müssen hören, wie auf ihn getreten wird und daraus entsteht ein komplexes Bild.

Die Verfasser von Zen Inspirationen haben jede einzelne Seite zu einer herausragenden Einheit gestaltet. Dies spiegelt sich in den Gedichten wider, allen voran in *Die Bilder des Ochsen* und *Die Torlose Schranke*.

Alles in allem ist es ein reichhaltiger Zugang zu einer Disziplin, deren Worte und Bilder noch immer so aktuell sind wie vor 1500 Jahren. Der im 13. Jahrhundert lebende Meister Dogen schrieb:

Diese langsam schwebende Wolke ist erbärmlich:
Welche Traumwandler Menschen werden.
Aufwachend, höre ich das einzig Wahre –
Schwarzen Regen auf dem Dach des Fukakusa Tempels.

Wir sehen Bilder von uns selbst im Regen, sehen die Lachfalte auf den Hängen eines Hügels, starren in hungrige Augen in Eingängen, beobachten ein fallendes Blatt, das sich dem Muster des Straßenpflasters hinzufügt. Oder öffnen Sie aufs Geratewohl dieses Buch. Hier sind Mitleid, Offenbarung, Licht, reiner Gedanke, alles in allem, in Zen.

Lucien Stryk, Februar 2004

EINFÜHRUNG

Von den vielen Arten des Buddhismus, die heute in Ostasien praktiziert werden, ist das Zen dem westlichen Publikum am bekanntesten. Vielleicht begeistert es sich vor allem für die Schlichtheit und Eleganz der Zen-Ästhetik, möglicherweise stellen auch die scheinbare Direktheit sowie der Humor des Zen eine willkommene Alternative zur religiösen Komplexität dar, derer viele im Westen überdrüssig geworden sind. Vielleicht besteht die Anziehungskraft des Zen auch einfach in seinem »Sinn für Schönheit und für Unsinn, der zugleich erbittert und erfreut«, wie es Alan Watts (1915–1973), ein bedeutender westlicher Zen-Interpret, beschrieb.

Dieses Buch möchte als Einführung in Rätsel und Harmonie des Zen dienen und dem Laien ein Hilfsmittel zur Besinnung sein. Wie alle Zen-Literatur beschäftigen sich die Texte dieser Anthologie mit dem Erlangen der Erleuchtung, der Erkenntnis des wahren Selbst. Die Koan-Sammlung *Die Torlose Schranke* und die Verse zu den *Bildern des Ochsen* gehören auch heute noch zum klassischen Repertoire in der Ausbildung der Zen-Mönche und sind für den interessierten westlichen Leser ein guter Ausgangspunkt. Aus dem großen Schatz von Zen-Gedichten – von den Gedichten der frühen chinesischen Meister über die japanischen Haiku zu den Werken zeitgenössischer Dichter – wurden für diese Auswahl insbesonders inspirierende und ausdrucksstarke Gedichte ausgesucht.

ZEN-DICHTUNG (SEITEN 20–69)

Zen-Gedichte sind nicht bloß Gedichte, die zu einem bestimmten Anlass von Zen-Buddhisten verfasst wurden. Hierzu zählen auch all jene Texte, die von Zen-Meistern als Lyrik, die wahre Weisheit und Mitgefühl zum Ausdruck bringt, anerkannt wurden.

Die frühen Zen-Gedichte dienten unterschiedlichen Zwecken. Manche waren Benennung der wesentlichen Erkenntnis während der Erleuchtung, andere wurden von Zen-Meistern verfasst, um dann auf ihr eigenes Porträt oder das eines berühmten Vorgängers geschrieben zu werden. Im 17. Jahrhundert entwickelte der japanische Mönch Matsuo Basho (1644–1694) eine besondere Gedichtform, das Haiku. Diese kurzen 17-silbigen Gedichte sollen plötzliche Erkenntnisse auslösen, die den Leser von seinem althergebrachten Subjekt-Objekt-Konzept der Welt befreien. Viele dieser Gedichte beschreiben gleichzeitig die Schönheit der Natur, führen ungleiche Bilder in einem einzigen Gedanken zusammen und lassen die Erleuchtungs-Erfahrung des Dichters anklingen. Ein weiteres typisches Thema der Zen-Dichtung ist die permanente Koexistenz von Sein und Nicht-Sein, Ruhe und Bewegung sowie Leben und Tod. Armut und Alleinsein symbolisieren das Bewusstsein für spirituellen Reichtum und Einssein mit dem Universum. Zu den wiederkehrenden Metaphern zählen der unendliche und leere Himmel als Sinnbild für die ungehinderte Weite des erwachten Geistes und der Mond als Bild für das erleuchtete wahre Wesen, das sich im Geist des Dichters widerspiegelt.

Die hier vorgestellte Gedichtauswahl umfasst dreizehn Jahrhunderte Zen-Dichtung; darunter auch Gedichte zum Thema Erleuchtung und zum Thema Tod (Worte von Zen-Meistern auf dem Totenbett, siehe Seite 33), Haiku-Gedichte (siehe Seiten 46–54) und zeitgenössische Dichtung. Alle wurden von Zen-Meistern und ihren Schülern verfasst.

DIE TORLOSE SCHRANKE (SEITEN 70–143)

Ein Koan ist so etwas wie ein Rätsel ohne offensichtliche Lösung. Es wird als geistige Übung eingesetzt, um wie durch einen Geistesblitz Erleuchtung (*satori* oder *kensho*) zu erlangen. Koans sprechen existenzielle Probleme des Menschen an und stellen einen wesentlichen Teil der Zen-Unterweisung dar, selbst in Soto-Gemeinschaften, wo sie nicht Bestandteil des offiziellen Lehrplans sind. Das Koan lässt den Menschen nach neuen Interpretationen suchen und es heißt, dass wenn man ein Koan »löst«, ein Paradigmenwechsel stattfindet.

Die erste Aufzeichnung »öffentlicher Verhandlungen« (gongan, koan) fand, soweit bekannt, im 9. Jahrhundert statt. Zu Unterrichtszwecken stellten danach viele Meister Koan-Sammlungen zusammen. *Die Torlose Schranke* von Wumen Huikai (Mumon Ekai, 1183–1260), einem Zen-Mönch und Meister der Rinzai-Schule, gilt unter den bedeutenden chinesischen Sammlungen als die am leichtesten zugängliche. Die meisten zeitgenössischen japanischen Meister lassen ihre Schüler mit dieser Sammlung beginnen. Sie besteht aus 48 Koans, jedes mit einem kurzen Kommentar und einem Gedicht, das Mumon den Schülern zur Orientierung mitgegeben hat.

Koans werden verwendet, um Wahrnehmung und Erkenntnis zu überprüfen und um sowohl die Lehrer als auch die Schüler zu beurteilen. Traditionellerweise wird einem Schüler ein Koan zugewiesen, an dem er arbeitet, bis der Lehrer meint, er hätte es »aufgelöst«.

DIE BILDER DES OCHSEN (SEITEN 144–155)

Die Bilder des Ochsen, die diese Anthologie abschließen, werden von zehn Gedichten begleitet, die der chinesische Mönch Kuoan Shiyuan im 12. Jahrhundert verfasst hat. Der Ochse stellt das ewige Prinzip des Lebens dar, den Geist, der gebändigt und trainiert werden muss. Die zehn Bilder und Gedichte stellen

Metaphern für die einzelnen Stadien dar, die man auf dem Weg zur Erleuchtung durchläuft. Die in diesem Buch reproduzierten Bilder vom Rinderhüten wurden im 15. Jahrhundert vom japanischen Zen-Mönch Shubun gemalt.

PHILOSOPHIE UND VORSTELLUNGSWELT DES ZEN

Die Buddhisten des Großen Fahrzeugs (Mahayana), zu denen auch die Zen-Buddhisten zählen, behaupten, dass die eigene Erfahrung zeige, dass alle Gegenstände der Wahrnehmung und des Denkens nicht dauerhaft sind, sondern nur dann entstehen, wenn die notwendigen Bedingungen für ihr Vorhandensein erfüllt sind. In diesem Sinne haben die Objekte des Denkens und der Wahrnehmung keine unabhängige Existenz, kein eigenes Sein. Das unaufhörlich auftretende Sich-gegenseitig-Bedingen lässt sich zwar nicht fassen oder näher definieren, seine Ergebnisse können jedoch in der Vielzahl der Phänomene um uns herum beobachtet werden. Wenn die Dinge keine klaren Grenzen haben, auf Grund derer sie unabhängig und dauerhaft sie selbst sind, dann müssen wir sie als bedingt betrachten – nicht nur einzeln und zu beliebigen Zeiten, sondern letztlich allumfassend und gleichzeitig.

Dinge ohne dauerhaften Inhalt oder klare Grenzen bezeichnen die Buddhisten als »leer«. Deshalb erscheint es Buddhisten selbstverständlich, dass sich leere Dinge gegenseitig hervorrufen und zu jeder Zeit voneinander bedingt werden. Der Hauptwiderspruch all dessen, was wir im Leben erfahren, ist, dass es in Wirklichkeit leer, gleichzeitig jedoch von einer geheimnisvollen Existenz erfüllt ist. Alles ist leer, und dennoch kommt der Frühling, blühen die Blumen und schlagen die Bäume aus. Zen-Meister lehren, dass das bewusste Wahrnehmen der Leere und der gegenseitigen Bedingtheit aller Dinge – nicht nur mit dem Verstand, sondern mit dem ganzen Wesen – bedeutet, ein Buddha zu werden. Obwohl sich die Zen-Übungen an den Einzelnen richten, gelangen sie in der Disziplin und dem Zusammenhalt einer Zen-Gemeinschaft zur vollen Blüte.

Zen-Buddhisten finden in der strengen Disziplin von Meditationshalle und Kloster das größte Maß an persönlicher Freiheit und Spontaneität. Die buddhistische Moral richtet sich gegen Egozentrik, indem sie die Ordnung innerhalb einer Gemeinschaft erhält. In Zen-Geschichten werden häufig widersprüchliche Ausdrücke verwendet, um die leblose Frömmigkeit der Schüler zu untergraben; dennoch wird die Mönchsausbildung durch strenge Vorschriften geregelt.

Während seiner ganzen Geschichte hat sich das Zen auf die Suche nach Erleuchtung konzentriert – Erleuchtung durch mündliche Unterweisung, durch Meditationsübungen und durch unablässiges Nachdenken über die Bedeutung von Aussagen und Gesprächen. Die Suche nach Erweckung lässt sich bis zum frühen indischen Buddhismus zurückverfolgen, wo das Erlangen von *dhyana,* innerer Ruhe, als wesentlicher Schritt auf dem Weg zur Erleuchtung angesehen wurde. Die indischen Buddhisten unterschieden sich von anderen Yoga-Schulen dadurch, dass sie den höchsten Grad an innerem Frieden als wichtigen Schritt begreifen, um sich auf die wahre Erleuchtung vorzubereiten. Dies geschah gleichzeitig mit einer zweiten Aufgabe, der »Entwicklung von Weisheit«. Dazu lernten sie, klar und ungefärbt wahrzunehmen, zu fühlen oder zu denken – ohne emotionale oder intellektuelle Interpretation. Jemand, der in diesen beiden Disziplinen bewandert ist, ist bereit für den Schritt zur Erleuchtung, zur Buddhaschaft.

Zen-Lehrer verwenden die gleichen Begriffe, erklären ihre Bedeutung für das Erlangen der Buddhaschaft jedoch anders. Im Zen ist innerer Frieden nichts, was man erwerben muss. Er wird vielmehr als das wahre Wesen des erwachten Geistes, der in jedem von uns bereits existiert, begriffen. Weisheit und geistiger Frieden sind zwei Seiten derselben Medaille, nämlich des erwachten Geistes. Sie sind keine Errungenschaften, sondern jedem gegeben. Die Herausforderung besteht darin, die vorhandenen Gaben zu entdecken. Erwachtes Bewusstsein ist, als gäbe es nichts, was zwischen einem selbst und allem anderen steht. Dennoch ist das Gefühl für das Selbst nicht ausgelöscht, sondern nur verändert und erhöht. Der erwachte Geist wird oft mit einem leeren Spiegel verglichen, der alles perfekt widerspiegelt und auf alles angemessen reagiert. Ein erwachter Mensch zeichnet sich sowohl durch inneren Frieden und Ruhe als auch durch eine fröhliche, aktive Lebendigkeit aus.

Im Zen-Glauben ist ein getäuschter Geist – im Gegensatz zum erwachten – eine sehr starke Kraft. Er trennt das Selbst von allem anderen und lässt uns glauben, dass wir das Selbst verteidigen müssen. Er ruft im Körper, im Denken und in den Gefühlen Reaktionen auf alles Mögliche hervor, Reaktionen, die wir mit »ich« identifizieren. Um gegen den getäuschten Geist vorzugehen, muss man Momente erleben, in denen man ohne das Wirken des getäuschten Geistes bei sich selbst ist. Hat man dessen Leere und Unwirklichkeit richtig begriffen, gleicht dies einem starken Aufleuchten: Dies ist das Erkennen der wahren Natur alles Seins. In der japanischen Rinzai-Tradition wird dieser Moment als *kensho* oder *satori* bezeichnet. Satori-Momente werden in vielen Koans in *Die Torlose Schranke* beschrieben (siehe Seiten 70–143). Diejenigen, die *satori* erfahren haben, werden mit all denen eins, die bereits vor ihnen erwacht sind, »sie sehen mit denselben Augen und hören mit denselben Ohren«.

Kern der Zen-Unterweisung ist die Begegnung von Meister und Schüler. Für die Begegnung des Schülers mit dem Geist Buddhas wurden in China die Worte und Taten des eigenen Meisters wichtiger als die überlieferten buddhistischen Schriften. Die Schüler reisten von Meister zu Meister, in der Hoffnung, dass die Begegnung zum Erwachen führen möge. In Zen-Anekdoten ist der Meister wie ein Richter: Wenn es der Schüler nicht schafft, einen erwachten Geist zu demonstrieren, wird er weggeschickt oder bezieht Prügel.

Nach der Überzeugung der Rinzai-Schule kann der Schüler nur durch starkes Zweifeln Fortschritte machen, das er vollständig auf ein einziges schwieriges Problem richten muss. Dieses Problem kann entweder mit dem Leben des Schülers zusammenhängen oder mit seinen Bemühungen, die Worte und Taten des

Meisters zu verstehen, so wie im ersten Koan der *Torlosen Schranke* (siehe Seite 72): Meister Joshu gibt dem Schüler nur ein einziges Wort, auf das er seine Zweifel richten soll, *mu* (das Nichts bzw. Nicht-Sein, eng verwandt mit Leere).

Die Soto-Schule in Japan und im Westen legt heute keinen besonderen Wert auf Koans. Die Anhänger dieser Schule praktizieren in erster Linie das *zazen*, in der Überzeugung, dass durch die Meditation Täuschung und Selbstsucht von einem abfallen werden.

Gemäß Zen-Überlieferung stammen Zen-Lehrer in direkter Linie von Buddha und dessen Schüler Mahakasyapa ab. Diese Linie wurde über 28 Generationen fortgeführt bis zu Bodhidharma, einem indischen Mönch, der das Zen um 520 n. Chr. nach China brachte. Im chinesischen Mönch Huike fand Bodhidharma einen würdigen Nachfolger. Von ihm aus führte die Traditionslinie weiter – bis nach Korea, Vietnam, Japan und mittlerweile in die ganze Welt. Davon, wie Bodhidharma einst für die Erleuchtung des Huike sorgte, berichtet eine klassische Zen-Erzählung: Huike stand die ganze Nacht im Schnee vor dem Eingang zu Bodhidharmas Höhle, in der Hoffnung, Bodhidharma möge ihn unterweisen. Als Bodhidharma ihn schließlich fragte, was er wolle, sagte Huike: »Mein Geist findet keinen Frieden.« Bodhidharma sprach: »Suche deinen Geist und bring ihn mir, ich werde ihn für dich befrieden.« Nach einer langen Pause antwortete Huike: »Ich kann meinen Geist nicht finden.« Bodhidharma antwortete: »Siehst du, ich habe ihn für dich befriedet.«

Während der Song-Zeit (960–1276), als Zen den chinesischen Buddhismus dominierte, reisten japanische Mönche zum Studium nach China und errichteten nach ihrer Rückkehr Zen-Schulen in Japan. Unter diesen Mönchen waren Eisai (auch Yosai genannt, 1141–1215), der aus China das Rinzai-Zen mitbrachte, und Dogen (1200–1253), der die Soto-Zen-Schule gründete, die schon bald zu einer der größten buddhistischen Sekten Japans wurde. Das Rinzai-Zen wurde durch den Einsatz von Koans bekannt, während das Soto-Zen die Bedeutung des *zazen* (Meditation im Sitzen) betonte, wodurch die Erleuchtung allmählich erreicht werden konnte – im Unterschied zur von der Rinzai-Schule gelehrten plötzlichen Erweckung.

Im 13. und 14. Jahrhundert erlebte das Rinzai-Zen in Kyoto und Kamakura seine Blütezeit. Zahlreiche Mönche reisten zum Studium nach China. Auf der Flucht vor den mongolischen Invasoren gelangten auch chinesische Mönche nach Japan. Diese Meister, für die das Verseschmieden zum täglichen Leben gehörte, waren durchdrungen von den literarischen Traditionen, die mit dem Zen der Song-Zeit assoziiert werden.

ZEN IM WESTEN

Der Individualismus in der westlichen Kultur und das Ende religiöser Alleinvertretungsansprüche haben in jüngster Zeit dazu geführt, dass Sinnsuchende auf neuen religiösen und geistigen Wegen wandeln. Auf der ganzen Welt sind Zen-Zentren entstanden, die eine gute Möglichkeit bieten, sich selbst kennen zu lernen und sich allmählich aus dem Wirrwarr der Angst und der Konsumbedürfnisse zu befreien. Zen lehrt nicht, wie man vor sich oder der Welt flieht, sondern wie man jede einzelne Erfahrung intensiv und behutsam betrachtet. Dieses andauernde Nachforschen, das durch die Pflege geistiger Konzentration und durch die Einheit von Geist und Körper unterstützt wird, spricht viele Menschen im Westen an.

Auch die Ästhetik des Zen stellt für westliches Publikum einen besonderen Reiz dar. Die Zen-Malereien, Kalligrafien und Gärten, die Teezeremonie sowie die Architektur drücken die Beziehung zwischen dem Universellen und dem Einzelnen, zwischen Form und Leere sowie zwischen Geist, Körper und Natur aus. So wie viele Zen-Gedichte ist auch die Zen-Lehre von einem Gefühl geheimnisvoller, überwältigender Schönheit der Natur durchdrungen, und das wirkt zweifellos anziehend auf die Menschen des Westens, die ihre enge Verbindung zur Natur wieder entdecken wollen.

偈頌

GEDICHTE

Mein Haus in den Bergen

Ihr fragt, warum ich allein
im Bergwald lebe.

Ich lächle und schweige,
bis auch mein Geist schweigt.

Er weilt in einer andern Welt,
die anderen fremd ist.

Blühende Pfirsichbäume:
Die Wasser strömen weiter.

Li Taibo
(701–762)

Einsiedelnd im Geiste, nicht in der Handlung,
Bleib ich leben in der Menschen Welt.
Fehlt ein Baum: Pflanz einen Setzling;
Siehst keinen Berg: Betrachte ein Bild.
Inmitten des Trubels bleibe ich ungerührt,
Den wahren Sinn find ich nur so.

Jiaoran
(ca. 734–ca. 792)

Zither

Die Zither zur Seite gelegt
auf das Tischchen,
Meditiere ich müßig
über einst gehegte Gefühle.
Warum sorge ich mich nicht
um Streichen und Zupfen?
Eine Brise streicht über die Saiten,
die von selbst erklingen.

Bo Juyi
(772–846)

Grüne Berge zeugen weiße Wolken,
weiße Wolken sind die Kinder der Berge.
Weiße Wolken hängen Tag für Tag dort;
die grünen Berge stört dies wenig.

Tongshan Liangjie
(807–869)

Wolken scheinen sorgenfrei,
ziehen unbekümmert fort.
Unbeschwerter Geist wird nicht gefunden;
beende die Suche, um zu finden.

Wang Anshi
(1021–1086)

Erde, Flüsse, Berge:
Schnee schmilzt in der Luft.
Wie konnte ich zweifeln?
Wo ist Norden? Süden? Ost? West?

Dangai
(ca. 1127–1279)

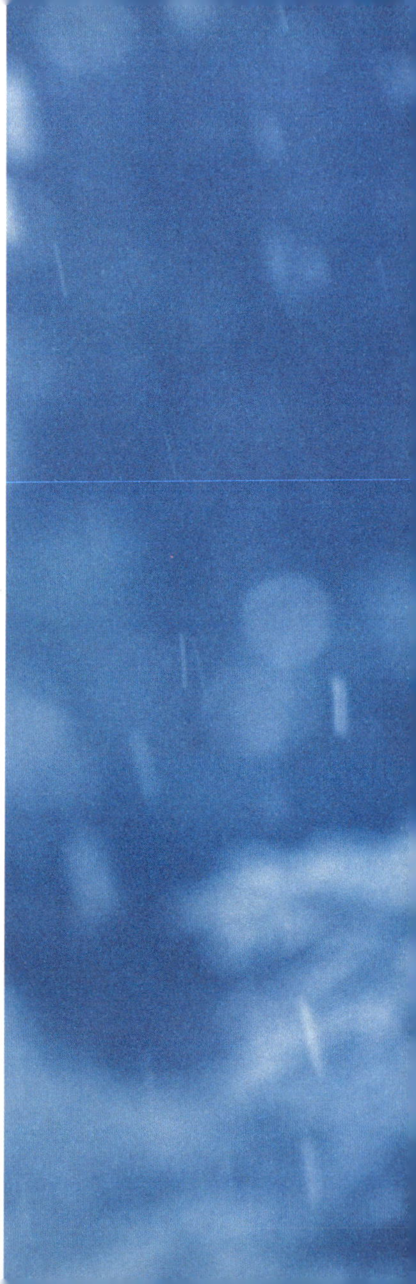

Sechsundsechzig Jahre lang
Übeltaten angehäuft.
Ein Sprung in die Hölle –
über Leben und Tod.

Tiantong Rujing
(1183–1228)

Vierundfünfzig Jahre lang
Sterne an den Himmel gehängt.
Ein Sprung hindurch –
wie das splittert!

Dogen
(1200–1253)

Über die *zazen*-Übung

Der Mond
besteht inmitten
eines heiteren Gemüts;
Wogen brechen
ins Licht.

Dogen
(1200–1253)

寂靜

Bergklause

Vergangenes ist längst vorüber,
Zukünftiges noch fern der Vorstellung.
Tao liegt im Moment, in diesen Worten:
Pflaumenblüten fallen, Gardenien öffnen sich.

Qing Gong
(gest. 1352)

In all den Jahren war mein Zen:
Weder bin ich, noch ist die Welt.
Die Sutras ordentlich im Kasten,
Mein Stock hängt an der Wand.
Lieg ich friedlich im Mondlicht,
Hör ich, wie Wasser über Felsen plätschert,
Sitz ich auf: Niemand kann solch Vergnügen kaufen;
Es glitzern auf der Stufen Moos Millionen Münzen!

Shutaku
(1308–1388)

Tag für Tag prüfen die Priester genauestens das Dharma,
unaufhörlich rezitieren sie vertrackteste Sutras.
Doch zuvor hätten sie lernen sollen zu lesen –
in den Liebesbriefen von Wind, Regen, Schnee und Mond.

Ikkyu
(1394–1481)

Gezierte Koans und gewundene Antworten sind alles,
was Mönche haben,
wenn sie sich ewig Beamten und reichen Mäzenen anbiedern.
Gute Freunde des Dharma, lasst mich euch sagen:
ein Hurenmädchen in Goldbrokat ist mehr wert als ihr alle.

Ikkyu
(1394–1481)

Die unzähligen Unterschiede gelöst durch Sitzen, alle Türen offen.
An diesem stillen Ort folge ich meiner Natur, was immer sie sei.
Von den einhundert Blumen schweife ich befreit fort,
Die hoch fliegende Klippe ist meine Meditationshalle
(tritt der Mond hervor, ist mein Geist unbewegt).
Auf diesem frostigen Sitz träum ich nicht mehr von Ruhm.
Der Wald und die Berge folgen ihrem uralten Weg,
und den ganzen Frühlingstag lang nicht einmal ein Vogelschatten.

Reizan
(gest. 1411)

Diente dem Shogun in der Hauptstadt,
vom weltlichen Staub befleckt, fand ich keine Ruh.
Den Strohhut im Gesicht, folge ich dem Fluss;
wie munter: Möwen über der Sandbank!

Kodo
(1370–1433)

Vier Haikus von Basho

Jahresende;
alle Winkel
dieser fließenden Welt gefegt.

Herbst –
selbst die Vögel
und Wolken scheinen alt.

Kormoranfischen:
wie bewegend,
wie traurig.

Nicht letzte Nacht,
nicht heute Morgen;
Kürbisblüten blühten.

Basho
(1644–1694)

Blatt
eines Yamsbaums –
Regentropfenwelt.

Kikaku
(1661–1707)

Im Brunneneimer
ein Morgenschein –
ich borge Wasser.

Dame Chiyo-Jo
(1701–1775)

Ein plötzliches Schaudern –
Im Zimmer der Kamm
    meiner toten Frau
Unter meinem Fuß.

Buson
(1715–1783)

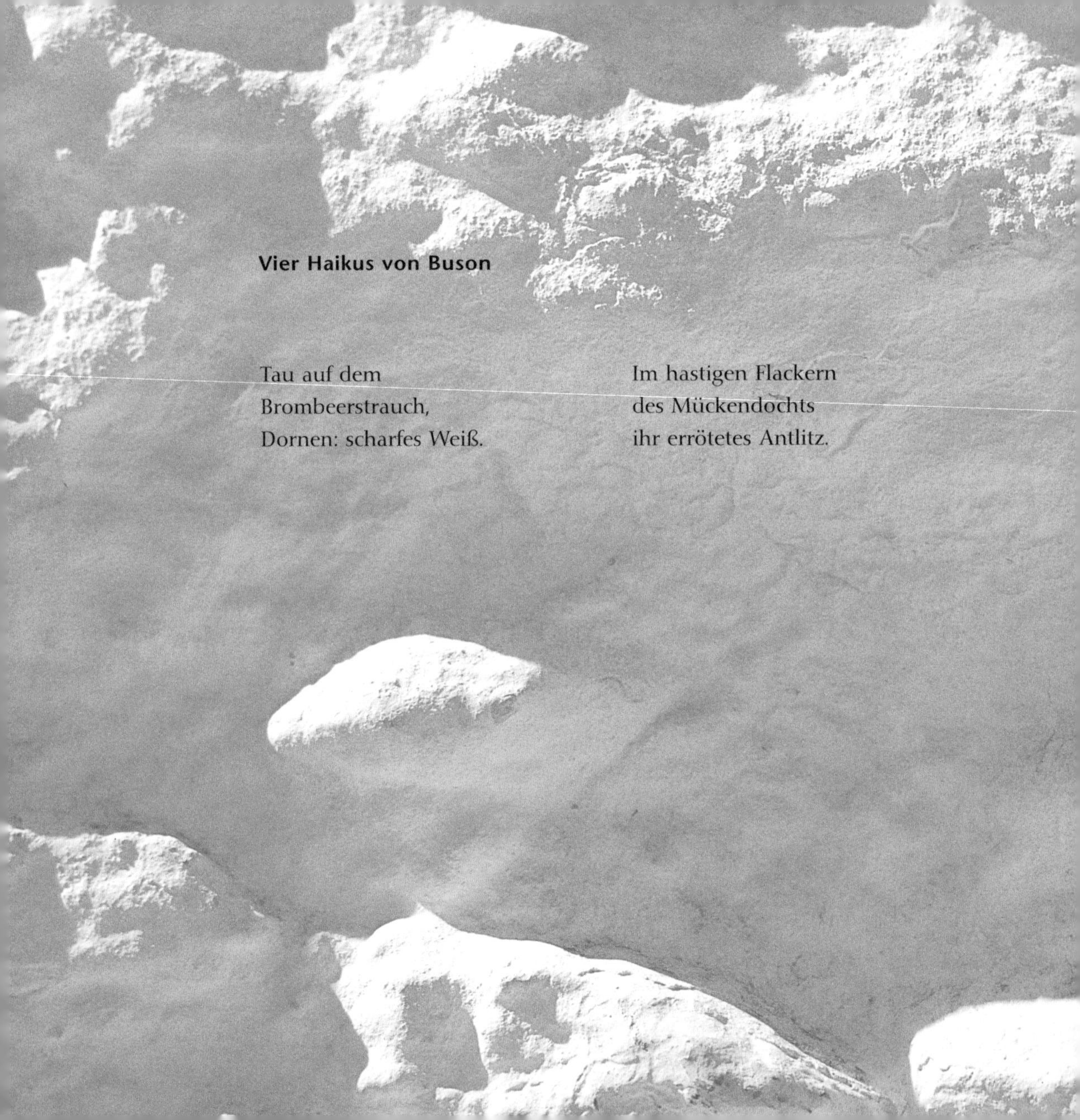

Vier Haikus von Buson

Tau auf dem
Brombeerstrauch,
Dornen: scharfes Weiß.

Im hastigen Flackern
des Mückendochts
ihr errötetes Antlitz.

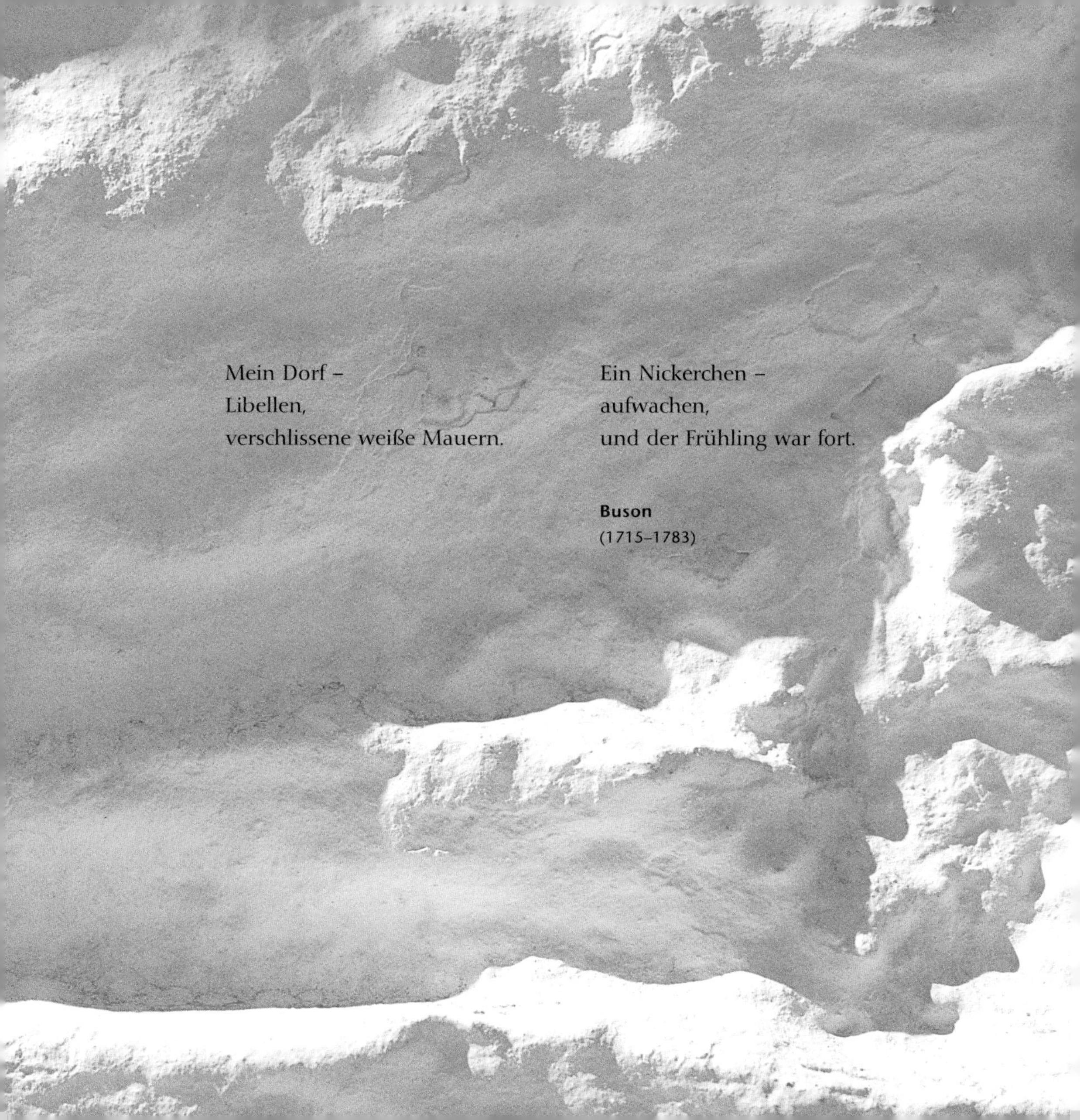

Mein Dorf –
Libellen,
verschlissene weiße Mauern.

Ein Nickerchen –
aufwachen,
und der Frühling war fort.

Buson
(1715–1783)

Ein Niesen –
die Feldlerche
ist außer Sicht.

Yayu
(1701–1783)

Nachtigall,
kaum gesehen,
kam zweimal heute.

Kito
(1740–1789)

Wolke überm Lotus –
auch sie
wird ein Buddha.

Boryu
(18. Jahrhundert)

Lob des *zazen*

Fühlende Wesen sind im Kern Buddhas.
Wie Wasser und Eis:
Ohne Wasser gibt es kein Eis,
es gibt keinen Buddha fern der fühlenden Wesen.

Welche Schande, fühlende Wesen suchen in der Ferne,
ohne zu wissen, was so nahe liegt.
Es ist, als ob sie vor Durst jammern,
mitten im Wasser,
oder unter den Armen umherirren,
obgleich von Geburt an reich.

Die Ursache der Wiedergeburt in die sechs Reiche
ist die Dunkelheit unserer Täuschung.
Wir betreten einen dunklen Pfad nach dem anderen,
wann können wir Geburt und Tod entfliehen?

Mahayana-Zen geht über alles Lob hinaus.
Spenden, Gebote befolgen und die anderen
Vervollkommnungen,
Buddhas Namen anrufen, Reue, Übungen
und viele andere gute Taten
finden sämtlich ihre Wurzel im *zazen*.

Wenn du auch nur einmal sitzt,
wird die Wohltat zahllose Sünden tilgen.
Wie kann es das Reich des Bösen geben?
Das Reine Land ist nicht weit.

Sollte es dir durch die Gunst des Schicksals gelingen,
diese Belehrung zu hören;
bewundere sie und erfreue dich daran.

Du wirst endloses Glück erlangen –
umso mehr, wenn du dich hingibst
und deine eigene Natur unmittelbar erkennst.

Diese Selbst-Natur ist keine Natur.
Du bist schon weitab von nutzlosen Erörterungen.
Das Tor öffnet sich: Ursache und Wirkung sind unteilbar,
der Weg des Nicht-Zwei, Nicht-Drei führt geradeaus.

Mach aus der Form die formlose Form,
Gehen und Wiederkehren, nirgendwo sonst.
Mach das Denken zu gedankenlosem Denken,
Singen und Tanzen, der Klang des Dharma.

Wie weit der Himmel der ungehinderten Konzentration!
Wie hell der Vollmond der vierfältigen Weisheit!

In diesem Augenblick, was soll man da suchen?
Nirwana ist unmittelbar.
Dieser Ort ist das Lotusreich,
dieser Körper ist der Leib Buddhas.

Hakuin Ekaku
(1685–1769)

In dieser Welt der Träume
lässt dich treiben;
und sprichst und träumst
wiederholt von Träumen.
Lass es bloß sein.

Ryokan
(1757–1831)

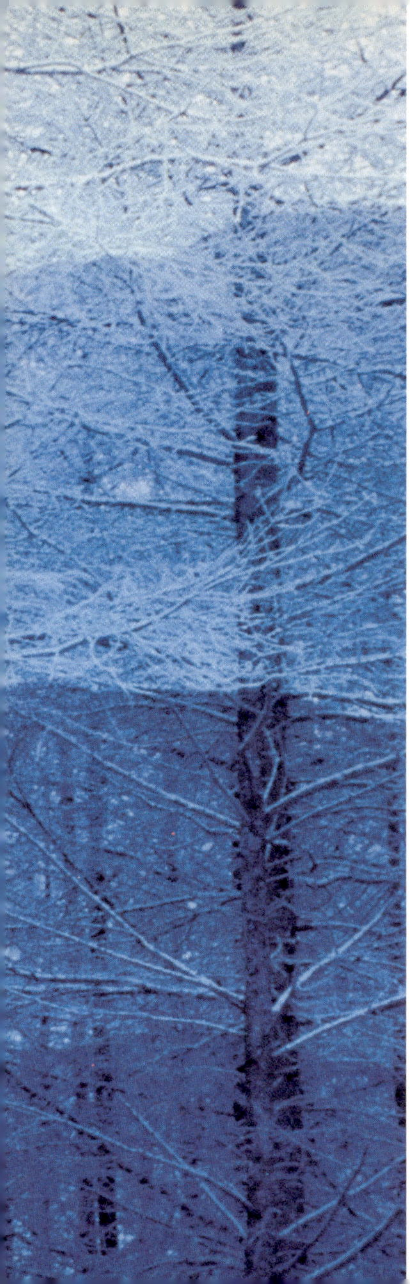

Im Winter
gehen die Sieben Sterne
überm Kristallwald spazieren.

Soen Nakagawa
(1907–1984)

Klang der Berge,
Klang des Ozeans,
überall Frühlingsregen.

Soen Nakagawa
(1907–1984)

Muschel

Nichts, gar nichts
  wird geboren,
stirbt, sagt die Muschel
  wieder und wieder
aus der Tiefe ihrer Höhle.
  Ihr Körper
im Spiel der Gezeiten; na und?
  Sie schläft
im Sand, trocknet in der Sonne,
  badet
im Mondlicht. Hat nichts
  mit dem Meer zu tun
oder sonst irgendwas.
  Wieder und wieder
vergeht sie mit den Wogen.

Shinkichi Takahashi
(1901–1987)

Sei weich in deiner Übung. Denk dir den Weg als einen feinen, silbernen Strom, keinen tosenden Wasserfall. Folge dem Strom, hab Zuversicht in seinen Lauf. Er wird seine eigene Bahn gehen, mäandert hier, rieselt dort. Er findet die Rinnen, die Spalten, die Einschnitte. Folge ihm bloß. Lass ihn nie aus dem Blick. Er wird dich ergreifen.

Shengyan
(geb. 1931)

公案

DIE TORLOSE SCHRANKE

1

Der Hund des Joshu

Ein Mönch fragte einmal Meister Joshu: »Besitzt ein Hund die Buddha-Natur oder nicht?« Joshu sagte: »Mu!«

Mumons Kommentar

Beim Zen-Studium muss man Schranken überwinden, die von alten Meistern errichtet wurden. Um das unvergleichliche *satori* zu erlangen, muss man seinen kritischen Verstand ausschalten. Alle, die die Schranke nicht überwunden und den kritischen Verstand nicht ausgeschaltet haben, sind Geisterwesen, die Bäume und Pflanzen heimsuchen.

Was ist nun die Schranke der Zen-Meister? Nur dieses »Mu« – das ist die Zen-Schranke. Es wird deshalb als »torlose Schranke des Zen-Buddhismus« bezeichnet. Diejenigen, die das Hindernis überwunden haben, sehen nicht nur Joshu deutlich, sondern werden mit allen Meistern der Vergangenheit Hand in Hand gehen, sie von Angesicht zu Angesicht sehen. Du wirst mit denselben Augen sehen wie sie und mit denselben Ohren hören wie sie. Wäre das nicht wunderbar? Willst du das Hindernis überwinden, dann konzentriere dich auf dieses »Mu«, mit allen deinen 360 Knochen und 84 000 Poren, und erfülle deinen Körper mit der Frage nach dem »Mu«. Arbeite Tag und

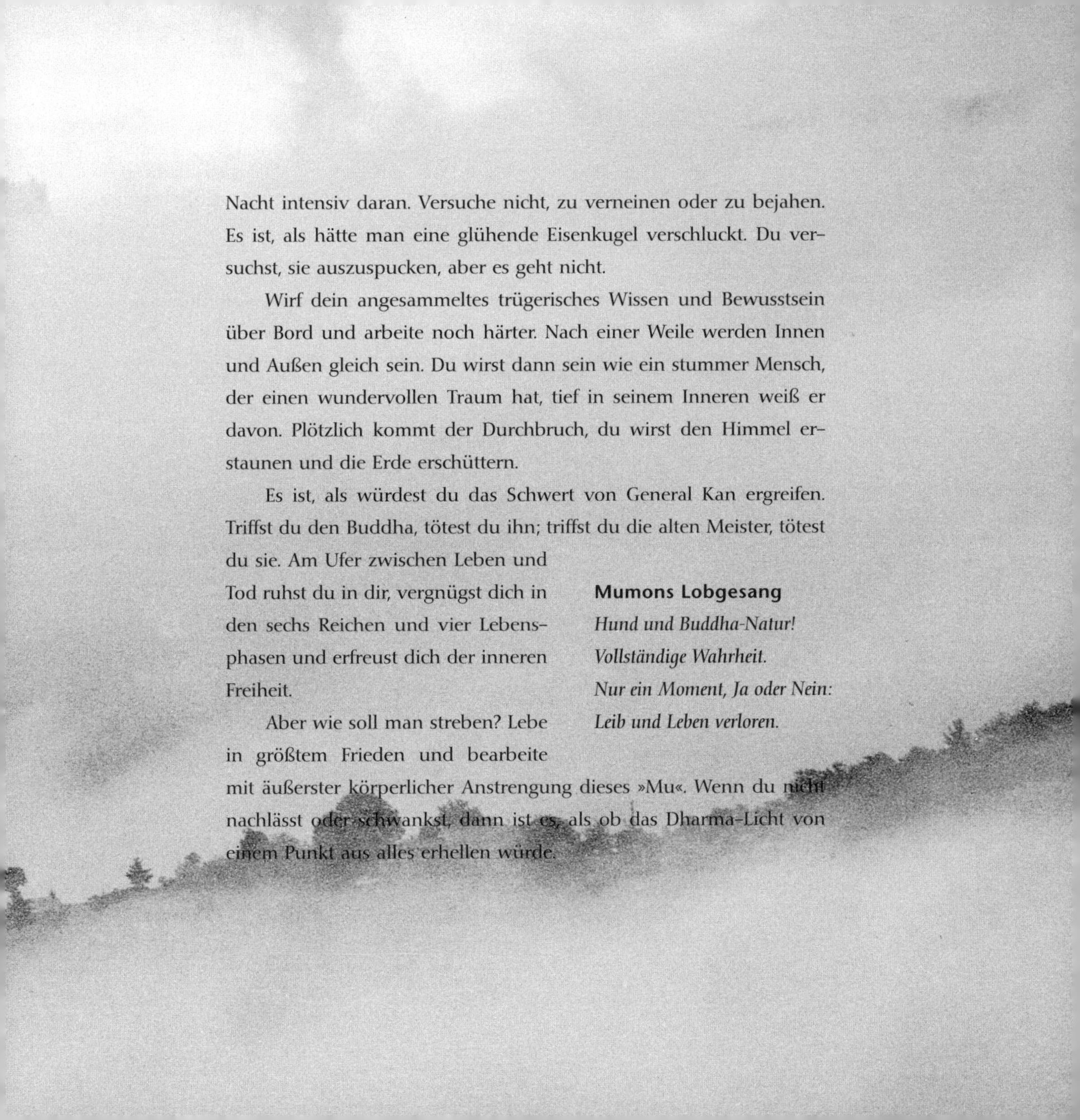

Nacht intensiv daran. Versuche nicht, zu verneinen oder zu bejahen. Es ist, als hätte man eine glühende Eisenkugel verschluckt. Du versuchst, sie auszuspucken, aber es geht nicht.

Wirf dein angesammeltes trügerisches Wissen und Bewusstsein über Bord und arbeite noch härter. Nach einer Weile werden Innen und Außen gleich sein. Du wirst dann sein wie ein stummer Mensch, der einen wundervollen Traum hat, tief in seinem Inneren weiß er davon. Plötzlich kommt der Durchbruch, du wirst den Himmel erstaunen und die Erde erschüttern.

Es ist, als würdest du das Schwert von General Kan ergreifen. Triffst du den Buddha, tötest du ihn; triffst du die alten Meister, tötest du sie. Am Ufer zwischen Leben und Tod ruhst du in dir, vergnügst dich in den sechs Reichen und vier Lebensphasen und erfreust dich der inneren Freiheit.

Aber wie soll man streben? Lebe in größtem Frieden und bearbeite mit äußerster körperlicher Anstrengung dieses »Mu«. Wenn du nicht nachlässt oder schwankst, dann ist es, als ob das Dharma-Licht von einem Punkt aus alles erhellen würde.

Mumons Lobgesang

Hund und Buddha-Natur!
Vollständige Wahrheit.
Nur ein Moment, Ja oder Nein:
Leib und Leben verloren.

2

Hyakujo und der Fuchs

Immer wenn Meister Hyakujo eine Teisho-Vorlesung hielt, saß ein alter Mann bei den Mönchen und hörte zu, und er ging jedes Mal weg, wenn sie es taten. Eines Tages blieb er jedoch zurück, und der Meister fragte ihn: »Wer bist du, der du vor mir stehst?« Der alte Mann sprach: »Ich bin kein Mensch. In der Vergangenheit, zur Zeit des Kashyapa-Buddhas, stand ich diesem Kloster vor. Einst fragte mich ein Schüler: ›Fällt ein erleuchteter Mann auch unter das Gesetz des Karmas?‹ Ich antwortete: ›Nein.‹ Wegen dieser Antwort muss ich nun seit 500 Leben als Fuchs leben. Jetzt bitte ich dich, für mich die Worte des Wandels zu sprechen und mich von dem Fuchskörper zu befreien.« Dann fragte der Fuchsgeist Hyakujo: »Fällt ein erleuchteter Mann auch unter das Gesetz des Karmas oder nicht?« Der Meister sagte: »Er ignoriert das Gesetz des Karmas nicht.« Auf diese Worte hin war der alte Mann sofort erleuchtet. Er verneigte sich und sprach: »Jetzt bin ich befreit worden von dem Fuchskörper, den man hinter dem Berg finden wird. Ich wage es, den Meister um etwas zu bitten: Beerdige ihn so, wie du einen verstorbenen Mönch beerdigen würdest.«

Der Meister ließ den ersten Mönch den Gong schlagen und verkündete, dass nach der Mittagsmahlzeit ein Begräbnis für einen verstorbenen Mönch stattfinden werde. Die Mönche sagten verwundert:

»Wir sind alle gesund. Es gibt in der Nirwana-Halle keinen kranken Mönch. Was geht hier vor?«
Nach dem Essen führte der Meister die Mönche zu einem Stein hinter dem Berg, holte einen toten Fuchs hervor und vollzog die Verbrennungszeremonie.
Am Abend trat der Meister in der Halle vor die Mönche und erzählte ihnen die ganze Geschichte. Daraufhin fragte Obaku: »Ihr sagt, der alte Mann gab nicht die richtige Antwort und musste deshalb 500 Leben lang als Fuchs leben. Was aber wäre aus ihm geworden, wenn seine Antwort immer richtig gewesen wäre?« Der Meister sagte: »Komm näher, ich sag's dir.« Dann trat Obaku auf Hyakujo zu und ohrfeigte ihn. Der Meister lachte laut los, klatschte in die Hände und sagte: »Ich dachte, der Bart des Fremden sei rot, aber ich sehe, dass es ein rotbärtiger Fremder ist.«

Mumons Lobgesang

Weder drunterfallen noch ignorieren:
Zwei Möglichkeiten, ein Spiel.
Weder ignorieren noch drunterfallen:
Hundert Fehler, tausend Fehler!

Mumons Kommentar

»Nicht unter das Gesetz des Karmas fallen.« Warum wurde er in einen Fuchs verwandelt? »Das Gesetz des Karmas nicht ignorieren.« Warum wurde er von dem Fuchskörper befreit? Wenn dein Auge dies durchschaut, dann weißt du längst, dass die 500 gesegneten Leben als Fuchs ein Gewinn waren.

3

Gutei hebt einen Finger

Immer wenn Gutei etwas gefragt wurde, hob er nur einen Finger.

Einmal gab es einen jungen Diener, den ein Besucher fragte: »Welches Zen lehrt dein Meister?« Der Junge hob ebenfalls einen Finger. Als Gutei davon erfuhr, schnitt er dem Jungen den Finger mit einem Messer ab. Als der Junge vor Schmerzen schreiend fortlief, rief Gutei ihn. Als der Junge sich umsah, hob Gutei den Finger. Plötzlich war der Junge erleuchtet.

Kurz bevor Gutei starb, sagte er den versammelten Mönchen: »Ich erhielt Tenryus Ein-Finger-Zen. Ich habe es mein ganzes Leben lang angewandt, aber ich konnte es nicht ausschöpfen.« Als er dies gesagt hatte, starb er.

Mumons Kommentar

Das *satori* von Gutei und das des jungen Dieners befinden sich nicht im Finger. Wenn du dies wirklich durchschaust, dann sind Tenryu, Gutei, der Junge und du selbst mit dem gleichen Spieß durchbohrt.

Mumons Lobgesang

Gutei macht sich über den alten Tenryu lustig,
mit einem Messer weist er den Jungen zurecht.
Korei hob seine Hand, doch hat er wenig Schüler;
Es zerbricht der Berg Ka abertausendfach!

4

Der Fremde hat keinen Bart

Wakuan fragte: »Warum hat der Fremde aus dem Westen keinen Bart?«

Mumons Kommentar

Zen-Übungen müssen echte Übungen sein. *Satori* muss echtes *satori* sein. Du musst den Fremden deutlich selbst sehen, dann kennst du ihn. Wenn du aber davon sprichst, »deutlich zu sehen«, beginnt schon die Zweideutigkeit.

Mumons Lobgesang

Im Angesicht eines Dummkopfs
darfst du nicht von Träumen sprechen.
Der Fremde hat keinen Bart:
So kommt zum Klaren das Durcheinander.

5

Kyogens Mann auf dem Baum

Meister Kyogen sprach: »Es ist wie ein Mann im Baum, der sich mit den Zähnen an einem Ast festhält. Mit den Händen greift er keinen Ast, mit den Füßen steigt er nicht auf den Baum. Unten am Baum fragt jemand, was es bedeutet, dass Bodhidharma aus dem Westen kam. Wenn er nicht antwortet, wird er dem Frager nicht gerecht. Wenn er antwortet, verliert er Leib und Leben. In so einem Augenblick – wie soll er da antworten?«

Mumons Kommentar

Wortgewandt wie ein Strom zu sein, nützt hier nichts. Selbst das Große Tripitaka erläutern zu können, nützt hier nichts. Wenn du es wirklich beantworten kannst, wirst du die Toten zum Leben erwecken und die Lebenden töten. Wenn du aber keine Lösung weißt, dann warte auf Maitreya und frage ihn.

Mumons Lobgesang

Kyogen plappert wahrhaftig bloß;
unendlich gemein ist sein Gift!
Er stopft den Mönchen den Mund
und lässt Teufelsaugen sprühen!

6

Shakyamuni hält eine Blume

Als Buddha vor langer Zeit am Berg Grdhrakuta weilte, um eine Predigt zu halten, hielt er vor der Versammlung eine Blume empor. Daraufhin schwiegen alle. Nur der ehrwürdige Kashyapa verzog das Gesicht und lächelte. Buddha sagte: »Ich besitze das alles durchdringende Wahre Dharma, das einzigartige Nirwana, die einmalige Lehre der formlosen Form. Es ist nicht angewiesen auf Buchstaben und wird außerhalb der Schriften übermittelt. Ich gebe es an Maha Kashyapa weiter.«

Mumons Kommentar

Der gelbgesichtige Gautama ist sicherlich unerhört. Er macht das Noble zum Niederen, verkauft Hundefleisch, das als Schafskopf angeboten wird. Ich dachte, da sei etwas Interessantes dran. Doch hätte damals jeder der Versammelten gelächelt, wem hätte das Wahre Dharma gegeben werden sollen? Oder, wenn Kashyapa nicht gelächelt hätte, an wen hätte das Wahre Dharma dann weitergegeben werden sollen? Wenn man sagt, das Wahre Dharma kann weitergegeben werden, dann hat der gelbgesichtige alte Mann mit seiner lauten Stimme einfache Dorfbewohner getäuscht. Wenn man sagt, es kann nicht weitergegeben werden, warum wurde dann nur Kashyapa anerkannt?

Mumons Lobgesang

Hoch gehalten wird die Blume,
das Geheimnis ist enthüllt.
Kasho verzieht das Gesicht;
keiner weiß, was tun.

7

Joshu rät: »Wasch deine Schale«

Ein Mönch wandte sich einst an Joshu. »Ich bin gerade in das Kloster eingetreten«, sagte er. »Bitte unterweise mich.« Joshu sagte: »Hast du gefrühstückt?« »Ja, ich habe gefrühstückt«, antwortete der Mönch. »Dann«, sagte Joshu, »wasch deine Almosenschale.« Der Mönch kam zu Bewusstsein.

Mumons Kommentar

Joshu öffnete den Mund und zeigte seine Gallenblase, offenbarte sein Herz und seine Leber. Wenn ein Mönch, der dies hört, die Wahrheit nicht erkennt, würde er eine Glocke mit einem Topf verwechseln.

Mumons Lobgesang

Bloß weil es so äußerst klar ist,
dauert es lang, bis es geschieht.
Rasch weiß man: Eine Flamme ist Feuer;
kocht das Essen doch geraume Zeit.

8

Keichu baut einen Wagen

Meister Gettan fragte einen Mönch: »Keichu baute einen Wagen mit 100 Speichen. Wenn man die beiden vorderen und hinteren Teile wegnimmt und die Achse entfernt, was hat man dann?«

Mumons Kommentar

Wenn du dies augenblicklich durchschaust, dann bist du wie ein Komet und dein Geist wie ein Blitz.

Mumons Lobgesang

Wo sich das Rad dreht und dreht,
Irrt auch ein Fachmann im Dunkeln.
Vier Richtungen, oben und unten:
Süden, Norden, Osten, Westen.

9

Daitsu Chisho

Ein Mönch fragte Meister Jo aus Koyo: »Daitsu Chisho Buddha praktizierte zehn *kalpas* lang *zazen*. Weder offenbarte sich ihm das Buddha-Dharma, noch erlangte Daitsu Chisho die Buddhaschaft. Wieso?« Jo sagte: »Deine Frage ist in der Tat großartig.« Der Mönch blieb hartnäckig: »Er hat *zazen* praktiziert. Warum erlangte er keine Buddhaschaft?« Jo antwortete: »Weil er kein Buddha wurde.«

Mumons Kommentar

Der alte Fremde könnte es wissen, er konnte es aber nicht begreifen. Ein gemeiner Mann, der es weiß, ist weise. Ein Weiser, der es begreift, ist ein gemeiner Mann.

Mumons Lobgesang

Erleichtere nicht den Leib, erleichtere den Geist:
Ist der Geist erleichtert, ist der Leib nicht voll Sorge.
Wenn Geist und Körper erst erleichtert sind,
wieso soll da der Heilige noch Herzog werden?

10

Der verarmte Seizei

Ein Mönch bat Meister Sozan: »Ich bin arm und mittellos. Meister, bitte hilf mir und mach mich reich.« Sozan begann: »Ehrwürdiger Seizei!« »Ja, Meister«, antwortete Seizei. Sozan sprach: »Wenn du drei Becher des besten Weines von Seigen getrunken hast, sagst du dann trunken immer noch, deine Lippen seien nicht benetzt worden?«

Mumons Kommentar

Seizei nahm eine herablassende Haltung ein. Was ist seine Absicht? Sozans scharfer Blick hat Seizeis Geist durchschaut. Wie es auch sei, sag mir nur, wie der ehrwürdige Seizei den Wein getrunken hat.

Mumons Lobgesang

Seine Armut ist wie die des Hantan,
sein Geist ist wie der des Kou.
Obwohl er kein Handwerk beherrscht,
wagt er sich an die Reichsten heran.

11

Joshu prüft das Wesen zweier Einsiedler

Joshu kam zu einem Einsiedler und fragte: »Ist jemand da? Ist jemand da?« Der Einsiedler hob seine Faust. »Das Wasser ist zu flach, um ein Boot festzumachen«, sagte Joshu und ging fort. Dann kam er zu einem anderen Einsiedler und rief: »Ist jemand da? Ist jemand da?« Der Einsiedler hob ebenfalls die Faust. Joshu sprach: »Du vermagst zu geben und zu nehmen, zu töten oder zu beleben«, und verneigte sich.

Mumons Kommentar

Beide erhoben ihre Faust. Warum erkannte er den einen an und missbilligte den anderen? Sag mir, was ist der Kern des Problems? Wenn du die Antwort darauf weißt, siehst du, dass Joshu in seiner Rede völlig frei ist, dem einen aufzuhelfen oder den anderen niederzudrücken – so sehr ruht er in sich selbst. Wie dem auch sei, weißt du, dass es Joshu war, dessen Wesen die beiden Einsiedler prüften? Wenn du sagst, der eine Einsiedler sei dem anderen überlegen, dann hast du kein geübtes Auge. Aber auch wenn du sagst, es gebe keinen Unterschied zwischen ihnen, hast du kein geübtes Auge.

Mumons Lobgesang

Sein Auge ein Komet,
sein Verstand ein Blitz.
Ein Dolch, der tötet,
ein Schwert, das belebt.

12

Zuigan ruft: »Meister!«

Jeden Tag rief Meister Zuigan Shigen sich selbst an: »Meister!«, und antwortete sich selbst: »Ja?« – »Bist du wach?«, fragte er und antwortete: »Ja.« – »Lass dich nie von anderen täuschen, keinen Tag, zu keiner Zeit.« – »Nein.«

Mumons Kommentar

Der alte Zuigan kauft und verkauft sich selbst. Er hat viele Kobold- und Dämonenmasken zum Spielen. Warum? *Nii!* Einer ruft, einer antwortet, einer ist wach und einer lässt sich vom anderen nicht täuschen. Wenn du meinst, dass all diese äußeren Erscheinungen wirklich existieren, dann liegst du völlig falsch. Wolltest du aber Zuigan nachahmen, dann hättest du das Verständnis eines Fuchses.

Mumons Lobgesang

Die den Weg studieren, erkennen die Wahrheit nicht,
sie nutzen bloß Vergangenes, um den Geist zu erkennen.
Daher rührt das endlose Prinzip von Leben und Sterben:
Einfaltspinsel halten es für des Menschen ursprüngliche Wahrheit.

13

Tokusan trägt seine Schalen

Tokusan kam einst mit seinen Schalen hinunter in den Speiseraum. Seppo sprach: »Alter Meister, die Glocke erklang noch nicht, die Trommel ertönte noch nicht. Wohin gehst du mit den Schalen?« Gleich ging Tokusan in sein Zimmer zurück. Seppo erzählte Ganto davon und dieser sprach: »Obschon ein großer Meister, hat Tokusan das letzte Wort des Zen noch nicht begriffen.« Als er das hörte, schickte Tokusan seinen Diener, ließ Ganto zu sich rufen und fragte: »Erkennst du mich nicht an?« Ganto flüsterte ihm seine Antwort zu. Tokusan war zufrieden. Am nächsten Tag trat Tokusan vor die Mönche. Und tatsächlich war seine Rede anders. Ganto kam vor das Kloster, klatschte in die Hände und lachte: »Welch große Freude! Der alte Meister hat nun das letzte Wort des Zen begriffen. Von jetzt an kann ihn niemand in der Welt mehr verspotten.«

Mumons Kommentar

Was das letzte Wort des Zen angeht – Ganto und Tokusan haben noch nicht einmal im Traum davon gehört. Wenn ich es recht betrachte, dann sind sie Hampelmänner in einer Bude.

Mumons Lobgesang

Verstehst du das erste Wort,
kennst du das letzte Wort.
Das letzte und das erste Wort –
alle beide sind kein Wort.

14

Nansen tötet eine Katze

Die Mönche der Osthalle und der Westhalle stritten einst um eine Katze. Nansen hielt die Katze hoch und sagte: »Mönche, wenn ihr das Rechte sagen könnt, dann lasse ich die Katze am Leben. Sagt ihr es nicht, werde ich sie töten!« Kein Mönch konnte antworten. Daraufhin tötete Nansen die Katze. Als am Abend Joshu zurückkehrte, erzählte Nansen von der Begebenheit. Joshu zog eine Sandale aus, legte sie sich auf den Kopf und ging davon. Nansen sagte: »Wenn du hier gewesen wärst, hätte das die Katze gerettet.«

Mumons Kommentar

Sag mir, was es wirklich bedeutet, dass Joshu seine Sandale auf den Kopf legte! Wenn dir die richtige Antwort einfällt, wirst du sehen, dass Nansens Tat nicht vergebens war. Gelingt es dir nicht, dann gib Acht!

Mumons Lobgesang

Wäre Joshu nur da gewesen,
hätte er eingegriffen.
Er hätte das Schwert ergriffen,
Nansen hätte um sein Leben gebettelt.

15

Tozan bezieht drei Tracht Prügel

Als Tozan einst zu einem Diskurs mit Ummon kam, fragte Ummon: »Wo bist du kürzlich gewesen?« »In Chadu, Meister«, antwortete Tozan. »Wo warst du letzten *ge*-Sommer?« – »Im Baoci-Tempel in Hunan«, antwortete Tozan. »Wann bist du dort weggegangen?« – »Am 25. August«, antwortete Tozan. Ummon rief: »Ich geb dir drei Tracht Prügel!« Am nächsten Tag kam Tozan erneut und fragte den Meister: »Gestern hast du mir drei Tracht Prügel verabreicht. Ich weiß nicht, wo ich fehlgegangen bin.« Ummon schrie: »Du Nichtsnutz! Hast du von Jiangxi bis Hunan so herumgetrödelt?« Daraufhin war Tozan erleuchtet.

Mumons Kommentar

Wenn Ummon, als er Tozan das Kraut der Wahrheit gab, diesem einen lebendigen, dynamischen Zen-Weg gewiesen hätte, wäre Ummons Schule der Niedergang erspart geblieben. Die ganze Nacht lang taumelte Tozan im Strudel von Ja und Nein. Als der Tag anbrach, verhalf Ummon ihm zum Durchbruch. Obwohl Tozan augenblicklich erleuchtet war, war er nicht gescheit genug. Da frage ich euch: »Waren Tozans drei Tracht Prügel gerecht oder nicht?« Wenn du sagst, es war gerecht, dann sollten Bäume, Gräser und alle anderen Pflanzen gerechterweise auch geschlagen werden. Wenn du sagst, es war ungerecht, dann hat Ummon alle getäuscht. Wenn du hier klar siehst, wirst du gemeinsam mit Tozan einen Atemzug tun.

Mumons Lobgesang

Der Löwe lehrt die Jungen die Kunst des Täuschens:
Eilen sie voraus, tritt er sie und wirft sie um.
Ohne Grund plauderte Tozan und musste den Kopf hinhalten;
der erste Pfeil streifte ihn leicht, der zweite saß tief.

16

Glockenklang und Priesterkleid

Ummon sprach: »Die Welt ist riesig und weit. Warum ziehst du beim Ertönen der Glocke dein Priestergewand an?«

Mumons Kommentar

Beim Studium des Zen und bei der Übung des Weges muss man unbedingt vermeiden, Klängen zu folgen und an Formen zu hängen. Selbst wenn man beim Hören eines Klangs erleuchtet oder durch das Erblicken einer Form erhellt wird, ist dies bloße Gewöhnlichkeit. Es ist auch nicht der Rede wert, wenn ein Zen-Mönch Klänge beherrschen und Formen meistern kann; er wird die Dinge deutlich sehen und herrlich frei in seinen Taten sein. Obwohl es so sein mag, sag mir, kommt der Klang zum Ohr oder geht das Ohr zum Klang? Selbst wenn du über Geräusch und Stille hinauszugehen vermagst, wie sprichst du davon? Wenn du mit deinen Ohren hörst, kannst du es nicht begreifen. Wenn du mit deinen Augen hörst, kannst du es begreifen.

Mumons Lobgesang

Verstehst du die Dinge, wird alles eins;
falls nicht, fällt alles entzwei.
Verstehst du die Dinge nicht, wird alles eins;
falls doch, fällt alles entzwei.

17

Der Kaiserliche Lehrer ruft dreimal

Der Kaiserliche Lehrer rief dreimal seinen Diener herbei und der Diener folgte dreimal. Der Kaiserliche Lehrer sagte: »Ich dachte, ich hätte dir Unrecht getan, doch eigentlich hast du mir Unrecht getan.«

法

Mumons Kommentar

Der Kaiserliche Lehrer rief dreimal und seine Zunge fiel auf den Boden. Der Diener antwortete dreimal und spie sein verborgenes Licht aus. Der Kaiserliche Lehrer, alt und einsam, stieß den Kopf der Kuh zum Füttern hinunter ins Gras. Der Diener nahm das nicht einfach an. Selbst köstliches Essen kann einen vollen Magen nicht verlocken. Sag mir jetzt, wie taten sie sich Unrecht?

Wenn im Reich Frieden herrscht, werden begabte Leute geschätzt.
Wenn es der Familie gut geht, werden die Kinder verwöhnt.

Mumons Lobgesang

Ein Eisenkragen ohne Loch, er muss ihn tragen.
Es ist nicht leicht, die Plagen erben seine Nachfahren.
Um deines Hauses Tür und Tor zu stützen,
musst du barfuß einen Berg von Messern ersteigen.

18

Tozans drei Pfund Flachs

Ein Mönch fragte Meister Tozan: »Was ist Buddha?« Tozan sagte: »Drei Pfund Flachs.«

Mumons Kommentar

Tozans Zen ist wie eine Muschel. Wenn sie sich ein wenig öffnet, sieht man Leber und Gedärme. Auch wenn es so sein mag, sag mir, siehst du den echten Tozan?

Mumons Lobgesang

Herausragend: »Drei Pfund Flachs!«
Worte sind so vertraut, umso mehr der Gedanke.
Wer von Recht und Falsch spricht,
ist umso mehr ein Mensch von Recht und Falsch.

19

Das Gewöhnliche ist das Tao

Joshu fragte Nansen einst: »Was ist Tao?« Nansen antwortete: »Der gewöhnliche Geist ist Tao.« – »Sollen wir uns ihm also zuwenden oder nicht?«, fragte Joshu. »Wenn du versuchst, dich ihm zuzuwenden, entfernst du dich davon«, antwortete Nansen. Joshu fragte weiter: »Wenn wir es nicht versuchen, wie wissen wir dann, was Tao ist?« Nansen antwortete: »Tao hat nichts mit Wissen oder Nicht-Wissen zu tun. Wissen ist Illusion, Nicht-Wissen ist Sinnlosigkeit. Wenn du wirklich das Tao ohne Zweifel erlangst, so ist das wie die große Leere, so weit und grenzenlos. Wie kann es da Richtig und Falsch im Tao geben?« Durch diese Worte wurde Joshu plötzlich erweckt.

Mumons Kommentar

Nansen konnte Joshus erstarrte Zweifel auf der Stelle auftauen, als Joshu seine Fragen stellte. Trotzdem befinden sie sich nicht auf einer Ebene. Auch wenn Joshu erleuchtet sein mag, wird er erst nach weiteren 30 Jahren Studium beginnen zu begreifen.

Mumons Lobgesang

Im Frühling hundert Blumen, im Herbst der Mond,
im Sommer eine kühle Brise, im Winter Schnee.
Verhängen keine Nichtigkeiten dir Herz und Kopf,
stehst du in einer prächtigen Jahreszeit.

20

Ein Mann von großer Kraft

Meister Shogen fragte: »Wie kommt es, dass ein Mann von großer Kraft sein Bein nicht heben kann?« Weiter sagte er: »Er spricht nicht mit der Zunge.«

Mumons Kommentar

Von Shogen muss gesagt werden, dass er seine Innereien entleerte und seinen Bauch nach außen kehrte. Dennoch versteht ihn niemand. Selbst wenn es jemanden gäbe, der sofort verstünde – käme er zu mir, würde ich ihn ordentlich schlagen. Warum? *Nii!* Wenn du reines Gold sehen willst, blicke ins Feuer.

Mumons Lobgesang

Hebt er sein Bein, stampft er den Duftenden Ozean auf,
senkt er den Kopf, sieht er auf die vier Dhyana-Himmel herab.
Kein Ort, an dem sein Riesenleib Platz findet.
Bitte füge etwas Passendes hinzu.

21

Ummons Kot-Stock

Ein Mönch fragte Ummon: »Was ist Buddha?« Ummon sagte: »Ein trockener Kot-Stock!«

Mumons Kommentar

Von Ummon muss gesagt werden, dass er so arm ist, dass er noch nicht einmal ein einfaches Essen zubereiten kann; er ist so beschäftigt, dass er nicht einmal schnell schreiben kann. Wahrscheinlich holen sie den Kot-Stock, um damit Tür und Tor zu stützen. Daran erkennt man das Auf und Ab der Buddhalehre.

Mumons Lobgesang

Leuchten des Blitzes!
Funken vom Feuerstein!
Kaum ein Zwinkern;
schon ist es fort.

22

Kashyapa und die Fahnenstange

Ananda sprach einst zu Kashyapa: »Buddha hat das Brokatgewand an dich weitergegeben. Was hat er dir sonst noch gegeben?« Kashyapa rief: »Ananda!« Ananda antwortete: »Ja, Herr.« Kashyapa sagte: »Wirf die Fahnenstange vorm Tor um.«

Mumons Kommentar

Wenn du die Antwort darauf weißt, wirst du sehen, dass hier das Treffen am Berg Grdhrakuta gemeint ist. Wenn nicht, bedenke, dass Vipasyin Buddha bis heute nicht erleuchtet ist, obwohl er schon im Altertum seinen Geist zu prüfen begann.

Mumons Lobgesang

Der Ausruf ist gut, doch besser ist die Antwort.
Wie viele sind es, die ihre Augen offen haben?
Der ältere Bruder ruft, der jüngere Bruder folgt,
die Familienschande wird offenbar.
Yin und Yang nicht zugehörig, in einer anderen Welt.

23

Nicht über Gut und Böse sinnen

Der Sechste Patriarch wurde einmal vom Mönch Myo in Daiyuri aufgesucht. Als der Patriarch Myo kommen sah, legte er Gewand und Schale auf einen Stein und sagte: »Dies Kleid symbolisiert den Glauben; wie kann er mit Gewalt errungen werden? Nimm es mit.« Myo versuchte das Kleid aufzuheben, doch es war unverrückbar wie ein Berg. Myo bekam furchtbare Angst und zögerte. Er sagte: »Ich bin wegen des Dharma gekommen, nicht wegen des Kleides. Oh Pilger, bitte unterweise mich!« Der Sechste Patriarch sagte: »Sinne nicht über Gut und Böse nach. Wo liegt jetzt das wahre Selbst des Mönchs Myo?« Da war Myo erleuchtet. Sein ganzer Körper war schweißnass. Unter Tränen verneigte er sich und fragte: »Gibt es neben diesen geheimen Worten und Bedeutungen noch einen tieferen Sinn?« Der Patriarch sagte: »Was ich dir gerade gesagt habe, ist kein Geheimnis. Wenn du dein wahres Selbst

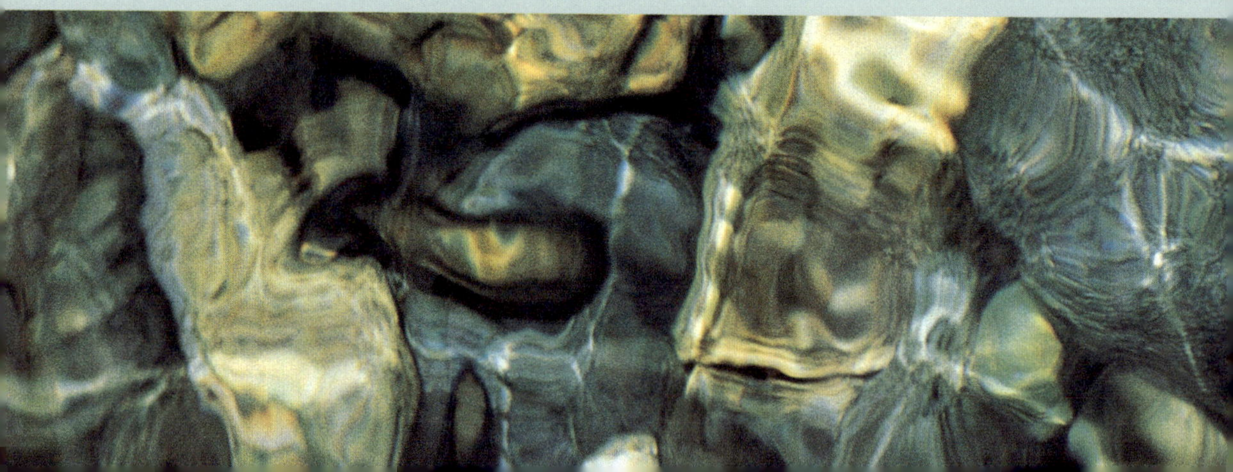

verstehst, dann liegt das Geheime bei dir selbst.« Myo sagte: »Obwohl ich unter Obai anderen Mönchen im Unterricht gefolgt bin, habe ich mein wahres Selbst nicht erweckt. Dank deiner Unterweisung bin ich wie jemand, der Wasser getrunken und erfahren hat, ob es kalt oder warm ist. Du bist wahrhaft mein Lehrer, Pilger!« Der Patriarch sagte: »So du erwacht bist, haben wir beide Obai als Lehrer. Liebe und errette dich!«

Mumons Kommentar

Über den Sechsten Patriarchen muss gesagt werden, dass er in Bedrängnis etwas Großes getan hat. Er besitzt großmütterliche Güte. So, als hätte er eine frische Litschi geschält, sie entsteint und dir dann in den Mund gesteckt, sodass du nur noch schlucken musst.

Mumons Lobgesang

Beschreiben ist erfolglos,
bezeichnen ist vergeblich.
Loben ist fruchtlos;
halt ein!
Das wahre Selbst lässt sich nicht verbergen.
Wenn die Welt vergeht, bleibt es unzerstört.

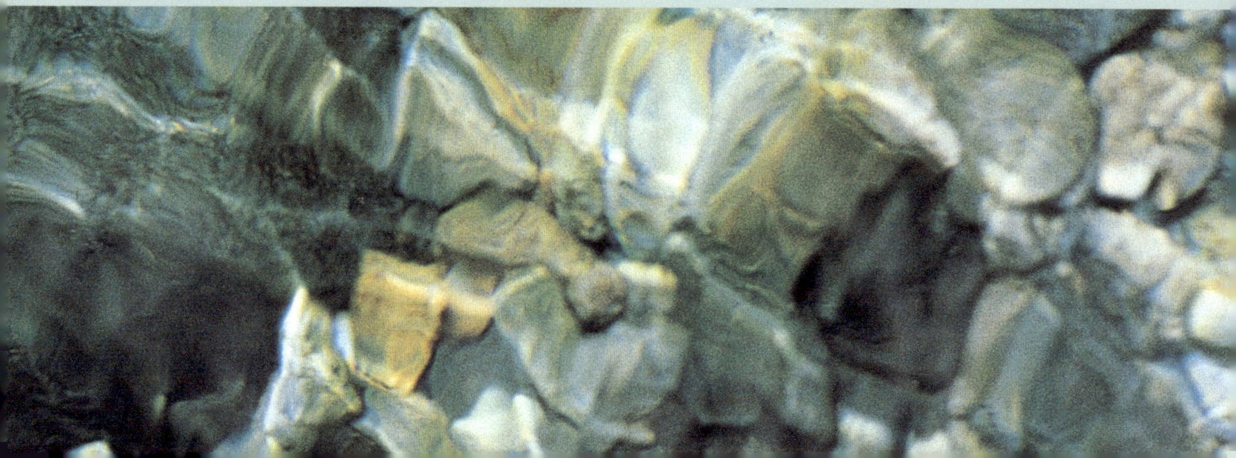

24

Lass ab von Worten

Ein Mönch fragte Meister Fuketsu einmal: »Sowohl Sprechen als auch Schweigen haben etwas mit dem Verhältnis von Geist und Funktion zu tun. Wie können wir diesem gerecht werden und die Wahrheit ausdrücken?« Fuketsu sprach:

»Wie gern ich mich an Jiangnan im März erinnere!
Die Rebhühner rufen und die Blumen duften.«

Mumons Kommentar

Fuketsus Verstand funktioniert wie der Blitz. Er fand seinen Weg und marschiert auf ihm. Aber warum verlässt er sich auf die Sprache eines alten Dichters und befreit sich nicht von ihr? Wenn du dies klar erkennst, könntest du den unbeschwerten Geist erlangen. Lass ab vom Reden und sag ein Wort!

Mumons Lobgesang

Er überlieferte keine triftigen Worte;
es ist gesagt, bevor es ausgesprochen.
Wenn du weiter schwatzt und schwatzt,
wisse, dass du einen Fehler machst!

25

Die Erläuterung des Mönchs vom dritten Sitz

Meister Gyozan hatte einen Traum. Er begab sich zu Maitreyas Ort, wo ihm der dritte Sitz zugeteilt wurde. Ein ehrwürdiger Mönch schlug mit dem Hammer auf den Tisch und verkündete: »Heute spricht der Mönch vom dritten Sitz.« Gyozan schlug mit dem Hammer auf den Tisch und sagte: »Das Dharma des Mahayana übertrifft die Vier Aussagen und die Hundert Verneinungen. Hört, hört!«

Mumons Kommentar

Sag mir, gab er eine Erläuterung oder nicht? Wenn du den Mund öffnest, verlierst du es. Wenn du den Mund schließt, verbirgst du es nicht. Selbst wenn du den Mund weder öffnest noch hältst, bist du noch 108 000 Meilen entfernt.

Mumons Lobgesang

Heller Tag, blauer Himmel!
Im Traum erklärt er den Traum.
Narrheit! Narrheit!
Er täuschte die Versammlung.

26

Zwei Mönche ziehen die Bambusvorhänge hoch

Die Mönche versammelten sich in der Halle, um den Erläuterungen des Großen Hogen von Seiryo vor dem Mittagessen beizuwohnen. Hogen zeigte auf die Bambusvorhänge. Daraufhin gingen zwei Mönche zu den Vorhängen und zogen sie gleichzeitig hoch. Hogen sagte: »Der eine hat es, der andere hat es nicht.«

Mumons Kommentar

Sag mir, wer hat es, und wer hat es nicht? Wenn du hier deine Augen geöffnet hast, dann wirst du wissen, wie sich der Lehrer von Seiryo täuschte. Wie dem auch sei, wage nicht, »Haben« und »Nicht-Haben« abzuwägen.

Mumons Lobgesang

Als sie aufgerollt waren: Hell und klar ist die große Leere.
Die große Leere kann es mit unserer Lehre nicht aufnehmen.
Warum befreist du dich nicht von der Leere und allem sonst?
So zart und fein gewirkt, kein Lufthauch dringt hindurch.

27

Weder Geist noch Buddha

Ein Mönch fragte einst Meister Nansen: »Gibt es ein Dharma, das den Menschen bisher noch nicht gelehrt worden ist?« Nansen sagte: »Ja.« Der Mönch fragte: »Was ist das Dharma, das den Menschen bisher noch nicht gelehrt worden ist?« Nansen sagte: »Es ist weder Geist noch Buddha, noch Lebewesen.«

Mumons Kommentar

Als Nansen eine einfache Frage gestellt wurde, musste er all seine Mittel auf einmal einsetzen. Wie gemein und gewöhnlich!

Mumons Lobgesang

Wiederholtes Einschärfen schadet deiner Tugend;
Nicht-Reden heißt Handeln.
Selbst wenn der blaue Ozean sich wandelte,
wirst du es schließlich nicht durchdringen.

28

Der altbekannte Ryutan

Tokusan bat Ryutan einmal um Unterweisung und blieb, bis die Nacht anbrach. Ryutan sprach: »Es wird Nacht, du solltest lieber gehen.« So verabschiedete sich Tokusan, hob den Türvorhang und ging hinaus. Als er merkte, dass es dunkel war, ging er zurück und sagte: »Draußen ist es dunkel.« Daraufhin zündete Ryutan eine Kerze an und gab sie ihm. Tokusan wollte sie gerade nehmen, da blies Ryutan sie aus. Da war Tokusan plötzlich erleuchtet. Er verneigte sich. Ryutan fragte: »Was hast du begriffen?« Tokusan entgegnete: »Von nun an werde ich die Worte keines einzigen großen Meisters auf der Welt bezweifeln.«

Am nächsten Tag trat Ryutan vor die Mönche und erklärte: »Unter den hier anwesenden Mönchen gibt es einen, dessen Zähne wie Schwerter sind und dessen Mund wie eine Schale voll Blut ist. Man kann ihn mit einem Stock schlagen, aber er wird sich nicht umdrehen. Eines Tages wird er seinen Weg auf einen hohen, steilen Berg finden.«

Daraufhin nahm Tokusan seine Anmerkungen zum *Diamant-Sutra,* hielt vor der Klosterhalle eine brennende Fackel empor und sagte: »Selbst wenn man verschiedene tiefsinnige Philosophien beherrscht, ist es nicht mehr als eine Haarsträhne am weiten Himmel. Selbst wenn man sämtliches Wissen der Welt besitzt, ist das so gut wie ein Wassertropfen in einer tiefen Schlucht.« Er nahm all seine Anmerkungen und verbrannte sie. Dann verbeugte er sich und ging.

Mumons Kommentar

Bevor Tokusan sein Zuhause verließ, war sein Geist unwillig und seine Zunge scharf. Zuversichtlich kam er in den Süden, um die »Überlieferung außerhalb der Schriften« zu tilgen. Als er die Straße nach Reishu erreicht hatte, sprach er mit einer alten Frau, die Herzkuchen verkaufte. Die alte Frau redete ihn an: »Ehrwürdiger Mönch, welche Bücher hast du in deinem Wagen?« Tokusan antwortete: »Es sind Anmerkungen zum *Diamant-Sutra*.« Die alte Frau sprach: »Es heißt im *Sutra*: ›Der vergangene Geist ist unerreichbar. Der gegenwärtige Geist ist unerreichbar. Der zukünftige Geist ist unerreichbar.‹ Welchen Geist willst du erhellen?« Tokusan konnte diese Frage nicht beantworten und hielt den Mund. Doch konnte er auf die Worte der alten Frau nicht den Großen Tod sterben und fragte sie schließlich: »Gibt es in der Nachbarschaft einen Zen-Meister?« Die alte Frau antwortete: »Meister Ryutan lebt fünf Meilen entfernt.« Als er bei Ryutan eintraf, war er ganz demütig. Es darf gesagt werden, dass seine früheren und seine späteren Worte nicht übereinstimmen. Ryutan ist wie eine Mutter, die ihr Kind zu sehr liebt und dabei nicht merkt, wie sehr sie sich täuscht. Als er ein kleines Stück glühender Kohle in Tokusan fand, schüttete er schnell dreckiges Wasser über ihn und erstickte die Glut. Bei genauerer Betrachtung kann man nur darüber lachen!

Mumons Lobgesang

Besser das Gesicht sehen, als den Namen zu hören.
Besser den Namen hören, als das Gesicht zu sehen.
Auch wenn er seine Nase gerettet hat,
hat er – ach – doch die Augen verloren!

29

Weder Wind noch Fahne

Der Wind ließ die Tempelfahne flattern. Zwei Mönche stritten sich darüber. Der eine sagte, die Fahne würde sich bewegen, der andere sagte, der Wind würde sich bewegen. Sie diskutierten hin und her und konnten sich nicht einigen. Der Sechste Patriarch sagte: »Weder Wind noch Fahne bewegen sich. Euer Geist bewegt sich.« Die Mönche erstarrten in Ehrfurcht.

Mumons Kommentar

Weder der Wind, noch die Fahne, noch der Geist bewegen sich. Wo siehst du den Patriarchen? Wenn du klar siehst, weißt du, dass die beiden Mönche Eisen kauften und Gold bekamen. Dann weißt du ebenfalls, dass der Patriarch sich sein Mitgefühl nicht versagen konnte und ungeschickt handelte.

Mumons Lobgesang

Wind, Fahne und Geist bewegen sich:
Die Erscheinung führt an der Sache vorbei.
Bloß, dass er seinen Mund zu öffnen weiß,
kommt er nicht auf den Grund der Worte.

30

Geist ist Buddha

Taibai fragte Baso einst: »Was ist Buddha?« Baso antwortete: »Geist ist Buddha.«

Mumons Kommentar

Wenn du sogleich begreifst, trägst du Buddhas Gewand, isst du Buddhas Speise, sprichst du Buddhas Worte und führst Buddhas Leben – du bist Buddha. Sei es, wie es wolle, Taibai hat viele Leute irregeführt, er hat die Waage falsch abgelesen. Weißt du nicht, dass man seinen Mund drei Tage lang ausspülen muss, nachdem man das Wort »Buddha« gesagt hat? Ein guter Kerl schließt seine Ohren und läuft weg, wenn er hört: »Geist ist Buddha.«

Mumons Lobgesang

Blauer Himmel, heller Tag!
Halt nicht ängstlich Ausschau.
Fragst noch, was das ist?
Umarmst die Diebesbeute und rufst: »Unschuldig!«

31

Joshu durchschaut eine alte Frau

Ein Mönch fragte eine alte Frau: »Welcher Weg führt zum Berg Wutai?« Die Alte sagte: »Geh geradeaus!« Nachdem der Mönch einige Schritte getan hatte, bemerkte sie: »Er sieht vielleicht aus wie ein guter Mönch, aber auch er geht einfach so davon.« Später erzählte ein Mönch Joshu davon. Joshu sagte: »Warte, ich werde gehen und die alte Frau für dich prüfen.« Am nächsten Tag ging er fort und stellte ihr dieselbe Frage. Und die alte Frau gab ihm dieselbe Antwort. Als er zurück war, erklärte Joshu den Mönchen: »Ich habe die alte Frau vom Berg Wutai durchschaut.«

Mumons Kommentar

Die alte Frau wusste, wie sie eine Strategie ausarbeiten und den Sieg davontragen konnte, während sie in ihrem Zelt saß. Aber sie hat den Räuber nicht bemerkt, der sich in ihr Zelt gestohlen hat. Der alte Joshu war geschickt genug, um ins Lager des Feindes zu schleichen und dessen Festung zu bedrohen. Dennoch sieht er nicht wie ein Großer aus. Bei genauerer Betrachtung haben sie beide ihre Verfehlungen. Sag mir nun, wie hat Joshu die Alte durchschaut?

Mumons Lobgesang

Die Fragen sind dieselben,
auch die Antworten gleichen sich.
Im Reis ist Sand,
im Schlamm sind Dornen.

32

Ein Nicht-Buddhist befragt den Buddha

Ein Nicht-Buddhist fragte einmal den Buddha: »Weder bitte ich um Worte, noch bitte ich um keine Worte.« Der Buddha blieb sitzen. Der Nicht-Buddhist pries ihn: »Das große Mitgefühl des Welt-Verehrten hat die Wolken meines Nicht-Wissens aufgelöst und ließ mich erleuchtet sein.« Er verneigte sich und ging. Ananda fragte nun Buddha: »Was hat der Nicht-Buddhist verstanden, dass er dich so gepriesen hat?« Buddha antwortete: »Er ist wie ein rassiges Pferd, das losrennt, wenn es nur den Schatten der Peitsche sieht.«

Mumons Kommentar

Ananda ist Buddhas Schüler, dennoch besitzt er weit weniger Einsicht als der Nicht-Buddhist. Sag mir nun: Wodurch unterscheiden sie sich, der Buddha-Jünger und der Nicht-Buddhist?

Mumons Lobgesang

Er geht auf Messers Schneide,
spaziert auf dünnem Eis.
Du musst keine Leiter erklimmen,
geh freihändig an der Klippe!

33

Weder Geist noch Buddha

Ein Mönch fragte Baso einmal: »Was ist Buddha?« Baso antwortete: »Weder Geist noch Buddha.«

Mumons Kommentar

Wenn du dies durchschaust, dann ist dein Studium vollendet.

Mumons Lobgesang

Triffst du einen Schwertkämpfer, so biete ihm ein Schwert;
triffst du einen Dichter, gib nur ihm ein Gedicht.
Wen du auch triffst, erzähl ihm nur drei Viertel,
überlass ihm nie den ganzen Teil.

34

Weisheit ist nicht Tao

Nansen sagte: »Geist ist nicht Buddha, Weisheit ist nicht Tao.«

Mumons Kommentar

Über Nansen muss gesagt werden, dass er im Alter sein Schamgefühl verlor. Wenn er seinen stinkenden Mund nur etwas öffnet, wird seine Familienschande ruchbar. Wie dem auch sei, nur wenige sind ihm dafür dankbar.

Mumons Lobgesang

Der Himmel klar, die Sonne tritt hervor;
Regen fällt, der Boden ist durchfeuchtet.
Ohne Einschränkung ist alles erklärt,
nur fürchte ich, kaum einer traut der Sache!

35

Sen-jos Seele verlässt ihren Körper

Der Fünfte Patriarch fragte einen Mönch: »Sen-jo und ihre Seele sind getrennt: Welches ist das wahre Wesentliche?«

Mumons Kommentar

Wenn du so erleuchtet bist, dass du die Wahrheit erkennst, weißt du, dass das Verlassen einer Haut und das Schlüpfen in die nächste so ist, wie der Reisende in eine Herberge einkehrt. Wenn du nicht erleuchtet wurdest, dann irre nicht wild umher. Wenn Erde, Wasser, Feuer und Luft sich plötzlich auflösen, wirst du wie ein Krebs sein, der in kochendes Wasser gefallen ist und mit seinen sieben Armen und acht Beinen zappelt. Sag dann nicht, ich hätte dich nicht gewarnt.

Mumons Lobgesang

Der Mond zwischen Wolken: stets gleich;
Tal und Berg: einander verschieden.
Wie glücklich! Wie glücklich!
Ist es eins, ist es zwei?

36

Auf dem Weg einem Taoisten begegnen

Der Fünfte Patriarch sprach: »Triffst du einen Taoisten auf dem Weg, dann grüß ihn weder mit Worten, noch mit Schweigen. Sag mir nun, wie du ihn grüßen wirst.«

Mumons Kommentar

Wenn du auf die Frage eine passende Antwort geben kannst, ist das sicherlich ein Grund zu gratulieren. Wenn du noch nicht in der Lage bist, eine zu geben, dann sei in jedem Bereich deines Lebens wachsam.

Mumons Lobgesang

Triffst du einen Taoisten auf dem Weg,
grüß ihn weder mit Worten noch mit Schweigen.
Schlag ihn nieder, so fest du kannst –
mach es gleich, mach es plötzlich!

37

Die Eiche im Garten vor der Halle

Ein Mönch fragte Joshu einst: »Was bedeutet es, dass Bodhidharma aus dem Westen kommt?« Joshu antwortete: »Die Eiche im Garten vor der Halle.«

Mumons Kommentar

Wenn du den Kern von Joshus Antwort wirklich begreifst, dann gibt es für dich keinen Shakyamuni in der Vergangenheit und keinen Maitreya in der Zukunft.

Mumons Lobgesang

Worte vermitteln keine Dinge;
Reden beinhaltet nicht den Geist.
Wer sich auf Worte stützt, verliert;
wer sich ans Reden hält, verirrt sich.

38

Ein Büffel geht durch ein Fenster hindurch

Der Fünfte Patriarch sprach: »Um ein Beispiel zu nennen – es ist so, wie wenn ein Wasserbüffel durch ein Fenster geht. Sein Kopf und seine vier Beine passen hindurch. Warum geht der Schwanz nicht hindurch?«

Mumons Kommentar

Wenn du mit einem Blick zum Kern dieser Sache vordringst und die rechte Antwort nennen kannst, wirst du in der Lage sein, dich bei den vier Wohltaten erkenntlich zu zeigen und den drei Existenzen zu helfen. Wenn es immer noch nicht gelingt, dann fang mit der Erleuchtung am Schwanz an, bis du ihn als deinen eigenen begreifst.

Mumons Lobgesang

Geht er hindurch, fällt er in den Graben;
kehrt er um, ist er erledigt.
Dieses kleine Schwänzchen!
Das ist wirklich erstaunlich!

39

Ummon und der verpatzte Vers

Ein Mönch wollte Ummon einmal eine Frage stellen und begann mit den Worten: »Das Licht scheint still aufs ganze Universum.« Bevor er geendet hatte, wurde er plötzlich von Ummon unterbrochen: »Ist das nicht das Gedicht von Chosetsu Shusai?« Der Mönch antwortete: »Ja.« Ummon sagte: »Du hast es verpatzt!«

Später griff Meister Shishin diesen Ausspruch auf und sagte: »Sag mir nun, wo hat dieser Mönch gepatzt?«

Mumons Kommentar

Wenn du in diesem Koan begreifst, wie geschickt und unzugänglich Ummons Lehre ist und warum der Mönch gepatzt hat, dann kannst du im Himmel und auf Erden ein Lehrer sein. Wenn es dir nicht klar ist, dann wirst du dich nicht mehr retten können.

Mumons Lobgesang

Im feinen Strom die Angel versenkt;
wer gierig nach dem Köder ist,
sein Maul nur einen Spalt weit öffnet,
um dessen Leben ist es geschehen!

40

Den Wassereimer umstoßen

Meister Isan war ursprünglich im Kloster des Hyakujo als Tempeldiener beschäftigt. Hyakujo wollte für das Daii-Kloster einen Abt auswählen. Er wies den Vorsteher und die anderen Mönche an, sie sollten einen Diskurs halten; der Fähigste solle dann das Kloster gründen. Nun nahm Hyakujo einen Wassereimer, stellte ihn auf den Boden und fragte: »Nenne es nicht Wassereimer, aber benenne es. Wie nennt man es?« Der Vorsteher sagte: »Man kann es nicht Holzsandale nennen.« Dann fragte Hyakujo Isan. Der stieß den Wassereimer um und ging. Hyakujo musste lachen: »Der erste Platz gebührt Isan.« So wurde Isan damit beauftragt, das Kloster zu gründen.

Mumons Kommentar

Obwohl er sehr kühn ist, ist es Isan schließlich doch nicht gelungen, Hyakujos Falle zu entgehen. Bei genauerer Betrachtung folgte er dem, was schwer wog, und lehnte ab, was leicht war. Warum? *Nii!* Er nahm ein Stirnband vom Kopf und ersetzte es durch ein eisernes Joch.

Mumons Lobgesang

Bambuskorb und Holzkelle fortgeworfen,
mit einem Schlag beendet er Geschwätzigkeit.
Hyakujo versucht vergeblich ihn einzuschränken.
Mit seinem Fußtritt lässt er Buddhas wie Gräser sprießen.

41

Bodhidharma befriedet den Geist

Bodhidharma saß meditierend mit dem Gesicht zur Wand. Der Zweite Patriarch, der im Schnee gestanden hatte, schnitt seinen Arm ab und sagte: »Der Geist deines Schülers hat noch keinen Frieden gefunden. Ich bitte dich, mein Lehrer, gib ihm Frieden.« Bodhidharma sagte: »Bring deinen Geist zu mir und ich werde ihn befrieden.« Der Zweite Patriarch sagte: »Ich habe nach dem Geist gesucht und er ist letztlich unerreichbar.« Bodhidharma sprach: »Ich habe ihn für dich befriedet.«

Mumons Kommentar

Der alte Fremde mit den kaputten Zähnen kam stolz herüber – 100 000 Meilen übers Meer. Das war so, als würde er Wellen erschaffen, wo kein Wind ist. Letztendlich konnte Bodhidharma nur einen seiner Schüler erleuchten, aber selbst der war verkrüppelt. *Ii!* Shasanro kennt nicht einmal vier Schriftzeichen.

Mumons Lobgesang

Aus dem Westen kam er und zeigte darauf –
die große Sache entstand durch eine Anweisung.
Wer Aufruhr in den Tempel bringt,
bist eigentlich du.

42

Eine Frau kehrt aus der Meditation zurück

Vor langer Zeit kam der Welt-Verehrte an einen Ort, an dem viele Buddhas versammelt waren. Als Manjusri dort eintraf, kehrten alle Buddhas zu ihren angestammten Orten zurück. Nur eine Frau verharrte unweit des Buddha-Sitzes in tiefer Meditation. Manjusri sprach zum Buddha: »Warum kann eine Frau nahe am Buddha-Sitz sein und ich nicht?« Der Buddha sprach zu Manjusri: »Erwecke diese Frau aus der Meditation und frage sie selbst.« Manjusri umkreiste die Frau dreimal, schnalzte einmal mit den Fingern, trug sie in den Brahma-Himmel und versuchte es mit all seinen übernatürlichen Kräften, doch es gelang ihm nicht, sie aus der Meditation herauszuholen. Buddha sagte: »Selbst hunderte und tausende von Manjusris wären nicht in der Lage, sie aus der Meditation herauszuholen. Ganz unten, hinter einer Milliarde und zweihundert Millionen Ländern, so unzählig wie der Sand des Ganges, gibt es einen Bodhisattva namens Momyo. Er kann sie aus der Meditation erwecken.« Augenblicklich tauchte Momyo aus der Erde auf und erwies dem Buddha seine Verehrung. Auf Buddhas Befehl ging Momyo zu der Frau und schnalzte einmal mit den Fingern. Da kehrte die Frau aus ihrer Meditation zurück.

Mumons Kommentar

Der alte Shakyamuni führte ein dummes Spiel auf und war nicht besser als ein Kind. Sag mir nun: Manjusri ist der Lehrer der Sieben Buddhas. Warum konnte er die Frau nicht aus ihrer Meditation herausholen? Momyo ist ein Boddhisattva des Anfangsstadiums. Warum ist es ihm gelungen? Wenn du dies wirklich begreifst, dann wird dein geschäftiges Leben der Ignoranz zu einem Leben des höchsten *satori* werden.

Mumons Lobgesang

Der eine konnte sie erwecken, der andere konnte es nicht;
und beide sind sie längst befreit.
Göttermaske, Teufelsmaske,
das ist schon ein komischer Fehlschlag!

43

Shuzan und der Stab

Meister Shuzan hielt einen Stab hoch, zeigte ihn der Versammlung und sprach: »Ihr Mönche, wenn ihr es Stab nennt, bindet ihr euch an den Namen. Nennt ihr es nicht Stab, verleugnet ihr die Tatsachen. Sagt mir, Mönche, wie nennt ihr es?«

Mumons Kommentar

Nennt man es Stab, bindet man sich. Nennt man es nicht Stab, leugnet man. Man schafft es nicht mit Worten, man schafft es nicht ohne Worte. Schnell, sprecht! Schnell, sprecht!

Mumons Lobgesang

Der Bambusstab wird hochgehalten,
so führt er den Befehl zu töten und zu beleben aus.
Binden und leugnen vermischen sich,
Buddhas und Patriarchen betteln um ihr Leben.

44

Basho und der Wanderstab

Meister Basho sprach zu den Mönchen: »Wenn ihr einen Wanderstab habt, gebe ich euch einen. Wenn ihr keinen Wanderstab habt, nehme ich euch einen weg.«

Mumons Kommentar

Es stützt dich, wenn du den Fluss auf der zerbrochenen Brücke überquerst. Es begleitet dich, wenn du in mondloser Nacht ins Dorf zurückkehrst. Wenn du es als Wanderstab bezeichnest, wirst du schnell wie ein Pfeil zur Hölle fahren.

Mumons Lobgesang

Wo auch immer Tiefen und Höhen sein mögen,
alle befinden sich fest in meiner Hand.
Es stützt den Himmel, stützt die Erde,
wo immer es ist, fördert es den Zen-Weg.

45

Wer ist er?

Unser Patriarch Meister Hoen von Tozan sagte: »Shakyamuni und Maitreya sind lediglich seine Diener. Sag mir nun, wer ist er?«

Mumons Kommentar

Wenn du ihn erkennen kannst und dir völlig im Klaren bist, dann ist es so, als würdest du deinen eigenen Vater an der Kreuzung treffen. Du wirst ihn erkennen; da brauchst du niemanden, der dir sagt: Er ist es, oder ist es nicht.

Mumons Lobgesang

Spanne nicht des anderen Bogen;
reite nicht des anderen Pferd;
begehe nicht des anderen Fehler;
frag nicht nach des anderen Angelegenheiten.

46

Einen Schritt über die Mastspitze hinaus

Meister Sekiso sprach: »Die Spitze eines 100 Fuß hohen Mastes: Wie tritt man darüber hinaus?« Ein alter Meister sagte auch, dass jemand, der auf der Spitze eines 100 Fuß hohen Mastes sitzt, selbst wenn er Erkenntnis erlangt hat, noch nicht wahrhaft erleuchtet ist. Er muss über die Spitze des 100 Fuß hohen Mastes hinaustreten und sein ganzer Leib wird in allen zehn Richtungen sichtbar sein.

Mumons Kommentar

Wenn du darüber hinausschreiten und auch zurückkehren kannst: Gibt es irgendetwas, das du als unwürdig verachtest? Wie dem auch sei, sag mir, wie trittst du über die Spitze eines 100 Fuß hohen Mastes hinaus?

Mumons Lobgesang

Ist das Auge der Erleuchtung blind,
und die Waage falsch abgelesen,
wirft er den Leib fort und gibt sein Leben hin –
ein Blinder führt die Schar der Blinden.

47

Tosotsus drei Schranken

Um die Mönche zu prüfen, errichtete Meister Juetsu von Tosotsu drei Schranken.

Beim Erforschen der Wahrheit bahnst du dir einen Weg durchs Gestrüpp, um die eigene Natur zu entdecken. Und wo ist jetzt deine Natur, ehrwürdiger Mönch?

Kennst du die eigene Natur, löst du dich aus dem Kreis der Wiedergeburt. Verlischt dein Augenlicht, wie entfliehst du dann dem Leben?

Bist du erlöst aus dem Kreis der Wiedergeburt, weißt du, wohin alles führt. Wenn sich die vier Elemente aufgelöst haben, wo führt das hin?

Mumons Kommentar

Wenn du hier die drei richtigen Antworten nennen kannst, wirst du Herr sein, wo immer du sein magst, und du wirst Meister sein, was immer auch geschieht. Wenn du die Worte aber nicht nennen kannst, dann warne ich dich: Vom Schlingen wird man leicht satt, gut kauen macht nur schwerlich hungrig.

Mumons Lobgesang

Ein Gedanke, alles erfasst – unermesslich viele Weltzeitalter.
Unzählige Weltzeitalter – das ist doch wie jetzt.
Es ist wie jetzt – prüfe den einen Gedanken,
prüfe »wie jetzt« – prüfe das wahre Selbst.

48

Kempos einer Weg

Ein Mönch fragte Meister Kempo einst: »Die Bhagavats der zehn Richtungen haben einen einzigen Weg ins Nirwana. Ich frage mich, wo dieser Weg ist.« Kempo hielt seinen Stock empor, zog eine Linie und sagte: »Hier ist er!«

Später bat der Mönch Ummon um Unterweisung. Ummon hob seinen Fächer und sprach: »Dieser Fächer ist in den 33. Himmel gesprungen und hat die Nase der dortigen Gottheit getroffen. Der Karpfen des Ostmeers trumpft auf und es gießt in Strömen.«

Mumons Kommentar

Der eine geht auf den Grund des tiefen Meeres und wirbelt eine Wolke aus Sand und Staub auf. Der andere steht auf dem Gipfel eines Berges und lässt schäumende Wogen erwachsen, die den Himmel berühren. Der eine hält, der andere lässt los, und beide stützen mit einer einzigen Hand die Zen-Lehre. Im Großen und Ganzen sind sie wie zwei rennende Kinder, die zusammenstoßen. Es wird auf der Welt wohl niemanden geben, der von Grund auf erleuchtet wurde. Wenn ich es recht betrachte, wissen die beiden großen Meister nicht, wo der Weg ist.

Mumons Lobgesang

Vor dem ersten Schritt schon angekommen.
Vor dem ersten Zungenschlag schon alles erklärt.
Wahrlich, mit jedem Schritt dem anderen voraus,
solltet ihr wissen, es führt noch ein anderer Weg hinauf.

十牛図頌

DIE

BILDER DES

OCHSEN

Suche

Gras und Dornen teilst du auf der Suche nach dem Ochsen;
breite Ströme, ferne Berge: Der Pfad führt in die Weite.
Die Kraft versiegt, der Geist ermattet – findest es nicht.
Ahornblätter rascheln,
abendliche Zikaden zirpen.

Spuren entdecken

Am Wasser, tief im Wald, finden sich Spuren.
Fernab duftender Gräser prüfst du die Fährte.
Folgst der Spur bis in die endlosen Berge.
Der weite Himmel – wo könnte er seine Nase sonst verbergen?

Sicht

Zwitschern – ein Goldpirol auf einem Zweig.
Warme Sonne, milde Brise; grüne Weiden am Ufer.
Kein Ort der Umkehr – im Gestrüpp
sind Kopf und Horn nur unscharf zu erblicken.

Einfangen

Mit allergrößter Mühe den Ochsen gefangen.
Noch ist sein Wille stark, sein Leib voll Kraft.
Mitunter strebt er hoch hinauf,
manchmal verliert er sich im Dunst.

Zähmen

Es geht nicht ohne Zaum und Peitsche,
Aus Angst, er irrte in den Sumpf.
ist er gebändigt, wird er sanft,
ungezügelt, ungezäumt folgt er dir auf dem Fuß.

Heimreiten

Auf gewundenem Pfad reitest du heim den Ochs.
Deiner Flöte Lied durchdringt den Abenddunst.
Jeder Ton, jede Weise: fühlst Grenzenlosigkeit,
erkennst den Klang fernab von Mund und Lippen.

Es ist vergessen

Auf dem Rücken des Ochsen kehrtest du heim.
Ruhst du, ist es schon vergessen.
Die Sonne hoch am Himmel, du sinnst glückselig,
lässt Zaum und Peitsche zurück im strohgedeckten Haus.

Alles ist vergessen

Zaum, Peitsche, du, der Ochs – alles Leere.
Den weiten Himmel können Gedanken nicht erreichen.
Wie soll der Schnee des Feuers Flamme widerstehen?
Hier angekommen bist du mit dem Weg der Alten eins.

Rückkehr zur Quelle

Zur Quelle kehrtest du zurück; genug der Mühe.
Das altvertraute Selbst ist blind und taub.
Im Innern deiner Hütte wird dir nichts Äußeres gewahr.
Endlos die Ströme, rot die Blüten.

Mit offenen Armen den Markt betreten

Betrittst den Marktplatz barfuß und ungeschmückt,
schlammverschmiert, staubbedeckt und lächelnd.
Brauchst keine übersinnliche Macht,
damit verdorrte Bäume wieder blühen.

GLOSSAR

Bodhi siehe Erleuchtung

Bodhidharma der Überlieferung nach der indische buddhistische Meister, der das Zen nach China gebracht hat

Bodhisattva Sanskrit-Ausdruck für erleuchtetes Wesen. Jemand, der auf dem Weg zur Erleuchtung innehält, um andere zu erwecken. Das Ideal, nach dem die Anhänger des Mahayana streben

Buddha-Natur die wahre Natur, die allen Lebewesen von Geburt an zu eigen ist und die alle Menschen, ob erleuchtet oder nicht, besitzen

Buddha Shakyamuni der historische Buddha, auch: Siddharta Gautama; er wird im Zen-Buddhismus als der erste erleuchtete Mensch anerkannt

Chan chinesisches Wort für Zen

Dharma die buddhistische Lehre, wie sie der historische Buddha dargelegt hat

Dhyana (sanskrit) vollkommene innere Stabilität und geistige Ruhe durch Meditation; eng verwandt mit samadhi

drei Existenzen die drei Stadien von Verlangen, Form und Nicht-Form, durch die die Menschen ihrem Karma gemäß wiedergeboren werden

Duftendes Meer umgibt den Berg Sumeru

Erleuchtung das Erkennen der eigenen Buddha-Natur; der Zustand, der erreicht ist, nachdem man sich Buddhas höchster Lehre bewusst geworden ist

Fremder eigentlich »Barbar«, Bezeichnung für die westlich von China gelegenen Völker; auch Bodhidharma gilt als »Fremder«

Gautama siehe Shakyamuni

ge-Sommer eine 90 Tage währende Zeit der Schulung, während der die Mönche nicht reisen dürfen

Grdhrakuta »Geierberg«, hier soll Buddha das Lotus-Sutra gepredigt haben

Hantan ein Mann von Stand aus China, der im 2. Jh. n. Chr. in bitterer Armut lebte, sich aber dennoch nie Sorgen machte

Hunan Provinz in Zentralchina

hundert Verneinungen in der indischen Philosophie werden die Vier Sätze (siehe dort) solange multipliziert, bis sie Hundert Verneinungen ergeben

Jiangxi Provinz in Zentralchina

Ka (Hua) ein heiliger Berg Chinas

Kalpa Weltzeitalter – ein Zeitraum jenseits des menschlichen Vorstellungsvermögens

Karma siehe Kausalitätsgesetz

Kausalitätsgesetz das Gesetz von Ursache und Wirkung (Karma), das besagt, dass alle Taten des Körpers, der Sprache und des Geistes für den Täter Folgen in der Zukunft haben werden

Kensho im Rinzai-Zen der Moment der Erleuchtung; Schau in das eigene Wesen und die Natur aller Dinge; wird auch satori genannt

Klarheit totales Bewusstsein zum gegenwärtigen Zeitpunkt

Koan Paradoxon, Problem, Rätsel oder »öffentliche Verhandlung«, von den Meistern verwendet, um den Schülern beim Erfahren der Erleuchtung zu helfen

Korei (Juling) chinesischer Gott, der einen Berg spaltete

Kot-Stock weicher Stock, wohl aus Bambus, der verwendet wurde, um Kot von der Straße zu entfernen; Schimpfwort zur Bezeichnung einer ekligen oder verachtenswerten Person oder Sache

Kou (Xiang Yu) tapferer chinesischer Heerführer aus dem 3. Jh. v. Chr.

Mahayana »Großes Fahrzeug«, eine der drei Haupttraditionen des Buddhismus

Maitreya der Buddha der Zukunft, der nach dem Tod Shakyamunis kommen wird, um die Menschheit zu retten; wird oft verwendet, um ferne Zukunft anzudeuten

Manjusri der Bodhisattva der Weisheit

Mondo Fragen und Antworten, die Mönche sich gegenseitig stellen und geben, um ihren Zen-Geist zum Ausdruck zu bringen

Mu das »Nichts« bzw. »Nicht-Sein« (siehe Seite 72)

Nirwana das Verlöschen des Selbst, der Zustand der Erleuchtung; bezieht sich mitunter auf das höchste Stadium der Erleuchtung des historischen Buddhas

Patriarchen eine lange Reihe von Zen-Meistern in der Nachfolge Bodhidharmas, die auserwählt wurden, die »wahre Lehre des Shakyamuni« weiterzugeben

rechte Antwort ein Wort oder Ausdruck mit der Macht, Irrglauben in Erleuchtung zu verwandeln

Reines Land das Paradies Sukhavati, in dem der Buddha Amithaba residiert; nach der Lehre des Wahren Reinen Landes – eine japanische Sekte, die vom Heiligen Shinrin gegründet wurde – der Ort, an dem die Gläubigen wiedergeboren werden

Rinzai-Zen japanische Zen-Schule, die die Verwendung des Koan betont

Sangha die Mönchsgemeinde; drittes der drei buddhistischen Kleinodien (siehe auch vier Wohltaten)

Satori »Erweckung«, der Moment der Erleuchtung (siehe Kensho)

Shasanro ein ungebildeter Fischer, der des Lesens und Schreibens unkundig war

Shogun kaiserlicher Feldherr in Japan, der die Regierungsgeschäfte führte

Soto-Zen japanische Zen-Sekte, die die Bedeutung des zazen betont

Sumeru nach altindischer Kosmologie der Berg im Mittelpunkt des Universums

Sutra buddhistische Lehrschrift

Tao chinesisch: »Weg«, im Taoismus (»Lehre vom Weg«) das allem zu Grunde liegende Urprinzip

Teisho kommentierender Vortrag eines Meisters zu den Koans

Tripitaka die Sammlung aller Mahayana-Schriften, der buddhistische Kanon

vier Dhyana-Himmel die höchsten Reiche unvorstellbarer Freiheit, Reinheit, Harmonie und Weisheit; Orte in grenzenloser Höhe

vier Aussagen Sein; Nicht-Sein; sowohl Sein als auch Nicht-Sein; weder Sein noch Nicht-Sein

vier Wohltaten empfängt man von Eltern, dem Herrscher, den Menschen allgemein und den drei buddhistischen Kleinodien (Buddha, Dharma und Sangha)

Vipasyin Buddha der erste der sieben dem Buddha Shakyamuni vorausgegangenen Urzeit-Buddhas

Wutai den Buddhisten heiliger Berg in Nordostchina, Sitz des Bodhisattvas Manjusri und zahlreicher Tempelklöster

zazen Meditation im Sitzen

CHRONOLOGIE DER ZEN-MEISTER

Siddhartha Gautama (ca. 563–483 v. Chr.), der historische Buddha

Ananda einer der zehn ersten Jünger Shakyamunis und 25 Jahre dessen Diener

Maha-Kashyapa indischer Schüler Buddhas

Bodhidharma (gest. 532 n. Chr.), als 28. Dharma-Nachfolger des Shakyamuni Buddha brachte er das Zen nach China, dort als Erster Patriarch bekannt

Huike (chinesischer Mönch und Nachfolger von Bodhidharma), der Zweite Patriarch

Huineng (638–713) der Sechste Patriarch, er erfuhr plötzliche Erleuchtung, als er das Diamant-Sutra hörte. Alle heutigen Zen-Traditionslinien gehen auf ihn zurück.

Shenhui (684–758) chinesischer Meister

Li Taibo (701–762) der berühmteste unter den chinesischen Dichtern

Jiaoran (ca. 734–ca. 792) chinesischer Mönch und Dichter

Bo Juyi (772–846) chinesischer Dichter

Tongshan Liangjie (807–869) chinesischer Zen-Meister

Wang Anshi (1021–1086) chinesischer Staatsmann, Gelehrter und Dichter

Dangai (ca. 1127–1279, genaue Lebensdaten unbekannt), chinesischer Dichter

Eisai auch Yosai (1141–1215), führte das Zen in Japan ein

Tiantong Rujing (1163–1228) chinesischer Zen-Meister

Wumen Huikai japanisch: Mumon Ekai (1183–1260), chinesischer Zen-Meister, kompilierte und kommentierte die Koan-Sammlung Die Torlose Schranke

Kuoan Shiyuan japanisch: Kakuan Shion (12. Jh.), chinesischer Zen-Meister der Rinzai-Traditionslinie

Dogen (1200–1253) Gründer des japanischen Soto-Zen

Qing Gong (gest. 1352) chinesischer Dichter

Shutaku (1308–1388) japanischer Zen-Meister

Ikkyu (1394–1481) japanischer Zen-Meister und Dichter

Reizan (gest. 1411) japanischer Dichter

Kodo (1370–1433) japanischer Dichter

Shubun japanischer Zen-Mönch des Klosters Shokokuji in Kyoto, aktiv ca. 1423–1460

Yinyuan (1592–1673) Gründer der Obaku-Sekte

Basho (1644–1694) japanischer Dichter, Meister der Haiku-Dichtung

Kikaku (1661–1707) japanischer Dichter, Schüler Bashos

Hakuin Ekaku (1685–1769) reformierte die japanische Rinzai-Schule und ließ sie wieder aufleben

Yayu (1701–1783) japanischer Dichter

Dame Chiyo-Jo (1701–1775) japanische Dichterin

Buson (1715–1783) japanischer Dichter

Kito (1740–1789) japanischer Dichter

Boryo (18. Jh.) japanischer Dichter

Ryokan (1757–1831) japanischer Dichter

Soen Nakagawa (1907–1984) japanischer Dichter

Shinkichi Takahashi (1901–1987) japanischer Dichter

Shengyan (geb. 1931) zeitgenössischer chinesischer Zen-Meister

LITERATUREMPFEHLUNGEN

Aitkin, R. Zen als Lebenspraxis, Köln 1988, 2. Aufl. München 1991

Blofeld, J. Der Geist des Zen. Die Zen-Lehre des chinesischen Meisters Huang-po, München 1988

Brun, P. Meister Linji – Begegnungen und Reden, Zürich 1986

Dumoulin, H. Geschichte des Zen-Buddhismus. Band I: Indien und China; Band II: Japan, Bern und München 1985, 1986

Eggert, J. Meister Bankei – Die Zen-Lehre vom Ungeborenen, München 1988

Ehmke, F. Der Zen-Meister Hakuin Ekaku, Köln, 1989

Glassmann B. u. Fields, R. Anweisungen für den Koch. Lebensentwurf eines Zen-Meisters, München 1999

Gundert, W. Biyänlu. Meister Yüanwu's Niederschrift von der Smaragdenen Felswand, München o. J.

Harding, D. E. Zen und die Wiederentdeckung des Offensichtlichen, Basel 1986

Huang-po Der Geist des Zen, Frankfurt/M. 1997

Jarand , U. (Übers.) Dialog über das Auslöschen der Anschauung, München 1987

Jarand , U. (Übers.) Hui-neng. Das Sutra des Sechsten Patriarchen, München 1989

Kapleau, P. Die drei Pfeiler des Zen, Bern 1981

Linji Das Denken ist ein wilder Affe, München 1996

Merzel, D. G. Durchbruch zum Herzen des Zen, München 1994

Reps, P. Ohne Worte, ohne Schweigen, Bern 1976

Schwarz, E. Bi-Yän-Lu. Koan-Sammlung, München 1999

Schwarz, E. Die Glocke schallt, die Glocke schweigt. Zen-buddhistische Weisheit, Düsseldorf 1999

Scott, D. u. Doubleday, T. Zen, Braunschweig 1994

Shibayama, Z. Zu den Quellen des Zen, Bern 1976

Suzuki, D. T. u. Eggert, J. Zen und die Kultur Japans, München 1994

Suzuki, D. T. Die große Befreiung, München 1976, Neuaufl. 1999

Suzuki, D. T. Der Zen-Meister Sengai, Köln 1985

Suzuki, S. Zen-Geist, Anfänger-Geist, Küsnacht 1990

Thich Nhat Hanh Ein Lotos erblüht im Herzen. Die Kunst des acht-samen Lebens, München 1995

Thich Nhat Hanh Das Glück, einen Baum zu umarmen. Geschichten von der Kunst des achtsamen Lebens, München 1997

van de Wetering, J. Reine Leere. Erfahrungen eines respektlosen Zen-Schülers, Reinbek 1999

Yuzen, S. Das Zen von Meister Rinzai. Aussprüche und Handlungen des Ch'an-Meisters Lin-chi I-hsüan, o. O. 1991

DANKSAGUNGEN

Für die freundliche Genehmigung, Übersetzungen und anderes urheberrechtlich geschütztes Material in diesem Buch abzudrucken, möchte Duncan Baird Publishers den im Folgenden Genannten danken. Der Verlag hat sich bemüht, die Inhaber der Urheberrechte festzustellen. Falls dennoch jemand übersehen worden sein sollte, bitten wir um Verzeihung. Die Betroffenen werden gebeten, sich mit dem Verlag in Verbindung zu setzen, damit für zukünftige Auflagen entsprechende Korrekturen vorgenommen werden können.

Gedichte

S. 23, 26, 28, 29 und 37 aus *A Drifting Boat, Chinese Zen Poetry* von Jerome P. Seaton und Dennis Maloney (Freedinia, NY, White Pine Press, 1999), Abdruck mit Erlaubnis der White Pine Press; S. 24 aus *The T'ang Poet-monk, Chiao-jan* von Thomas P. Nielson (Tempe, Arizona 85281: Center for Asian Studies, Arizona State University, 1972), Abdruck mit Erlaubnis des Center for Asian Studies, Arizona State University; S. 30, 33 (oben, unten), 38, 43, 44, 46 (oben, unten), 47 (oben), 48 (links, rechts), 51, 52 (links, rechts), 53 (links, rechts), 54 (links, mitte, rechts) und 66 aus *The Penguin Book of Zen Poetry* herausgegeben und übersetzt von Lucien Stryk and Takashi Ikemoto (Penguin Books, 1981), Abdruck mit Erlaubnis von Lucien Stryk; S. 34, 47 (unten), 60, 63, 65 und 69 aus *Essential Zen* herausgegeben von Kazuaki Tanahashi und David Schneider, copyright © 1994 by Kazuaki Tanahashi and David Schneider, illustrations copyright © 1994 by Kazuaki Tanahashi, Nachdruck mit Erlaubnis von HarperCollins Publishers, Inc.; S. 40 und 41 aus *Wild Ways: Zen Poems of Ikkyu* übersetzt von John Stevens, © 1995, Nachdruck in Übereinkunft mit Shambhala Publications, Inc., Boston;
S. 56–59 aus *Penetrating Laughter* von Kazuaki Tanahashi, copyright © 1982 by Kazuaki Tanahashi, verlegt bei The Overlook Press, 2568 Rte. 212, Woodstock, NY 12498, (914) 679-6838.

Die Torlose Schranke

S. 72–143 aus *Zen Comments on the Mumonkan* by Zenkei Shibayama, English language translation copyright © 1974 by Zenkei Shibayama, Nachdruck mit Genehmigung von HarperCollins Publishers, Inc.

Die Bilder des Ochsen

S. 146–55 aus *Essential Zen* (siehe oben)

BILDNACHWEIS

Duncan Baird Publishers dankt den folgenden Personen, Bildarchiven und Museen für die Genehmigung, ihr Material zu reproduzieren. Der Verlag hat sich bemüht, die Inhaber der Bildrechte festzustellen. Falls dennoch jemand übersehen worden sein sollte, bitten wir um Verzeihung. Die Betroffenen werden gebeten, sich mit dem Verlag in Verbindung zu setzen, damit für zukünftige Auflagen entsprechende Korrekturen vorgenommen werden können.
2 Images; **9** Magnum / Rene Burri; **14** Corbis / Paul A. Berry; **22** Getty/Stone Images; **25** Photonica / Yukari Ochiai; **27** Florentine Schwabbauer, Germany; **28–9** Getty/Stone Images; **31** Getty/Stone Images; **32** Photonica / Shouichi Itoga; **35** Getty/Stone Images; **38–9** Images; **42** Photonica / Shouichi Itoga; **44–5** Photonica / Takeshi Odawara; **49** Photonica / Masao Ota; **50** Tessa Traeger; **52–3** Images; **55** Natural History Photograhic Agency; **61** Images; **62** Photonica / Shinichi Eguchi; **64** Photonica / Shooting Star; **67** Images; **68** Tessa Traeger; **72–3** Tessa Traeger; **76** Photonica / Jun Kishimoto; **80** Hulton Getty; **82–3** Photonica / Katsumi Suzuki; **84–5** Tessa Traeger; **89** Photonica / H. Okamoto; **90–1** Images; **94** Photonica / Alan Sirulnikoff; **99** Photonica / Nara; **102–3** Photonica / Yuko Shimada; **104–5** Photonica / Shouichi Itoga; **109** Photonica / Patrick Clark; **110** Photonica / Shouichi Itoga; **114–5** Images; **119** Tessa Traeger; **122** Photonica / Alex Maclean; **127** Getty/Stone Images; **129** Getty/Stone Images; **130–1** Photonica / Elaine Mayes; **138** Getty/Stone Images; **140–1** Photonica / Michael Gesinger; **143** Images; **146–55** Shokuku-ji Temple, Kyoto, Japan. Photo courtesy of the Kyoto National Museum, Japan.